Kopflos

Kopflos
Ein Roman?

Über die Autorin:

Lydia Scheichl, Jahrgang 1969, geboren und wohnhaft in Wels, Oberösterreich. Verheiratet und Mutter von zwei Söhnen.

Nach zehn Jahren Tätigkeit im Kindergarten und weiteren zehn Jahren als Hausfrau und Mutter machte sie ihren Traum wahr: Den Schritt von der leidenschaftlichen Leserin zur Schriftstellerin. Lange Spaziergänge mit ihrem Hund inspirierten sie zu ihrem Erstlingswerk „Kopflos".

© 2008 Lydia Scheichl

Herstellung und Verlag: Books on Demand GmbH, Norderstedt
ISBN: 978-3-8370-8418-4

Umschlaggestaltung: Tina Haberbusch
Lektorat: Dago Mayr
Layout: Anatol Mayr

Bibliografische Information der Deutschen Nationalbibliothek:
Die Deutsche Nationalbibliothek verzeichnet diese Publikation in der Deutschen Nationalbibliografie; detaillierte bibliografische Daten sind im Internet über http://dnb.d-nb.de abrufbar.

Inhalt

Der Albtraum beginnt

Bei jedem Wetter! So ein Hund kann echt nerven. Winselt um mich rum und will unbedingt seine Runde gehen. Dabei spielt es für ihn (eigentlich ist es ja eine Sie, der Hund ist eine Hündin) keine Rolle, ob draußen die Sonne scheint oder ob es regnet und stürmt. Ich gebe dem Hund jetzt seinen Namen. Vereinfacht den weiteren Verlauf der Erzählung. Wilma heißt er. Stammt aus einem W-Wurf. Wilma ist ein Rassehund. Stur, gutmütig bis zur Blödheit, und sie liebt lange Spaziergänge. Ich also los – bei vollem Sauwetter. Regenhose und -jacke angezogen, Kapuze aufgesetzt. Mit gesenktem Kopf stapfe ich vor mich hin. Wilma „liest ihre Morgenzeitung". Heißt: Sie schnüffelt an jedem Grashalm und Erdhügel. „Hey, zieh nicht so!", motz ich sie an, weil sie mir wieder einmal den Arm fast ausreißt. Wilma hat so ungefähr zwanzig Kilo. Kann schon unangenehm werden, wenn sie voll in die Leine läuft. Macht sie meistens, wenn sie einen Kollegen trifft oder eine interessante Fährte aufnimmt.

So war das, damals, als die schlimme Sache ihren Anfang nahm. Was musste ich mir auch einen Hund zulegen! Ist ja soo gesund – raus bei jedem Wetter. Darum bin ich nie krank und hab noch immer eine recht passable Figur. Im Nachhinein hätte ich eine kleine Immunschwäche und ein paar Kilo mehr vorgezogen. Aber im Nachhinein weiß man es ja immer besser.

Aber jetzt zurück zum verhängnisvollen Beginn meiner Geschichte. Ich also mit dem Hund im Regen unterwegs – Hund zog an der Leine, nervte gewaltig.

Dann merkte ich aber, dass da was nicht stimmte. Wilma zog nicht einfach nur, sie riss mich fast um. Ich ließ dann einfach die Leine los – wer will sich schon den Arm auskugeln. Wilma bellte wie verrückt. Sie sprang wie Rumpelstilzchen um ihren Fund. Da lag irgendwas herum.

„Jetzt bloß nicht in einem Aas wälzen", war mein erster Gedanke. Gar nicht so falsch gelegen. Da lag schon was Totes. War nur leider kein Tierkadaver. Wäre schon schlimm genug gewesen. Wer schon einmal einen Hund gerochen hat, der sich genussvoll im Aas wälzte, weiß, wovon ich spreche.

Ich dann ein paar Schritte näher ran – musste Wilma ja wieder zu fassen kriegen. Da sah ich es. Da lag ein Kopf! Der Kopf eines Menschen! Der Kopf eines Mannes! Ich starrte wie gebannt auf dieses „Ding". Das kann nicht sein. Ich schrie nicht, ich packte nur meinen Hund und griff nach meinem Handy. Nie hätte ich gedacht, dass ich so cool sein könnte. Okay, wenn sich eines meiner Kinder verletzt, reagiere ich auch immer ziemlich straight. Verlier nie die Nerven. Aber das ist dann doch etwas anderes. Einen Toten finden. Eigentlich sogar nur einen Teil eines Toten. Ich muss dazu sagen, dass mir der Kopf zu allem Überfluss auch noch bekannt vorkam.

Ich also voll cool – war wahrscheinlich der Schock – und rief sofort die Notrufnummer der Polizei an. „133

– Polizei", ging es mir durch den Kopf. Wilma bellte noch immer, und ich musste ganz schön reinbrüllen. Eine geschlagene Viertelstunde standen wir dann da und warteten. Wilma hatte jetzt ihre Aufmerksamkeit auf mich verlagert. Sie starrte mich an und winselte. Ich wiederum starrte den Kopf an. Augen weit aufgerissen.

Völlig blutleer, sah er eher wie eine Faschingsfratze aus, und doch wusste ich sofort, dass der Kopf echt war. Wie schon vorhin erwähnt, kam er mir bekannt vor. Als dann endlich der Streifenwagen kam, war ich bereits absolut sicher. Da lag der Klausi vor mir. Na ja, nicht der ganze Klaust, aber immerhin ein ziemlich wichtiger Teil von ihm. Hätte ich den Torso entdeckt, hätte ich ihn bestimmt nicht erkannt. Aber so!

Bevor ich weitererzähle, muss ich jetzt ein wenig in die Vergangenheit abschweifen, in meine Schulzeit. Ist schon eine ganze Weile her, dass der Klausi und ich zusammen in die Schule gingen. Im Poly war's. Ich wusste schon, dass er ein wenig in mich verliebt war. Ich hab ihn mir immer schön warm gehalten, aber nur als guten Freund, wie ich immer betonte. Das ist jetzt über zwanzig Jahre her. Ich hab den Klausi immer mal wieder zufällig getroffen. Darum wusste ich ja auch genau, wie er jetzt aussieht. So ungefähr zumindest. So ein richtig Hübscher war er ja nicht grad. Auch als er noch einen Körper zu seinem Kopf hatte, mein ich. Schiach war er auch nicht, aber fesch ist halt was anderes. Wir sind oft bei ihm zu Hause in seinem Zimmer herumgelungert und haben gequatscht. Ich kannte auch seine Freunde ganz gut.

Er hatte auch eine Schwester – ein wenig älter als wir. Die Biggi. Eine schreckliche Nervensäge. Wollte immer mitreden und sich wichtig machen. Ich immer höflich distanziert – sie war eine echte Blunzn, wie man so schön sagt. Jedenfalls bin ich dann noch weiter in eine berufsbildende höhere Schule, und er hat eine Lehre angefangen. Von Jahr zu Jahr haben wir uns dann immer weniger getroffen. Anfangs noch gegenseitig zu Feten eingeladen – ich mich bei ihm wegen Liebeskummer ausgeweint usw.

Klausi hat ja dann auch eine Freundin gehabt. Die war echt tierisch eifersüchtig auf mich. Gab da mal eine unschöne Szene bei einer Silvesterparty. Ich hab nie was gehabt mit ihm. Nicht mal ein Kuss!

So richtig abgerissen ist der Kontakt aber erst mit meiner Hochzeit. Ich hatte ihn eingeladen. Nicht mal eine Absage hat er geschickt. Einfach ignoriert hat er die Einladung. War schon komisch.

Er hat dann auch irgendwann mal geheiratet und ist Vater geworden. Seine Tussi war zwar ziemlich schräg – was ging mich das an. Erfuhr ich alles von seiner komischen Schwester. Zufällig mal in der Stadt getroffen und voll zugelabert worden. Ich tu seither meistens so, als würde ich sie nicht sehen, oder wechsle extra unauffällig die Straßenseite. Auch nicht gerade die feine englische Art, ich weiß schon. Aber jeder kennt doch irgendjemand, bei dem er das auch so macht – ehrlich, oder?

Da find ich also den Kopf vom Klausi. Vom Weber Klausi. Der Polizei hab ich gleich gesagt, um wen es sich da handelt. Die waren schon etwas verwundert. Bei uns in Wels findet man ja nicht gerade jeden Tag eine Leiche – ohne Körper –, und dann kennt der zufällige Finder die auch noch! Hab ich schon erwähnt, dass ich aus Wels komme? Wels ist eine Stadt in Oberösterreich. Für die, die sich da nicht so auskennen. Fünfundsechzigtausend Einwohner oder so. Nicht gerade eine pulsierende Großstadt.

Aber so hin und wieder passieren auch hier spektakuläre Verbrechen. Die Polizisten, zwei junge Typen, waren schon ziemlich blass und meinten immer wieder: „Nur nix angreifen, absichern und die Spurensicherung anfordern." Die nahmen meine Personalien auf, und dann marschierte ich nach Hause.

Es war jetzt kurz vor Mittag, und bald würden mein Mann und meine Jungs zum Essen kommen. Wie sollte ich jetzt zum Alltag übergehen?

Völlig unmöglich. Ich wollte niemanden sehen und sicher nicht für eine gesunde Mahlzeit sorgen.

Ich rief also Martin an und bat ihn, zu MacDonalds zu gehen und die Jungs dann irgendwo unterzubringen. Es gibt ja zum Glück Omas und Tanten. Er kapierte sofort, dass er nicht viel fragen, sondern einfach handeln sollte. Ich liebe ihn unter anderem auch dafür, dass er nicht immer alles erklärt haben muss.

Ich bin dann in den Keller und hab meine alte Kiste mit Briefen gesucht. Der Klausi und ich haben uns Unmengen von Briefen geschrieben. Er mir schon um einige mehr als umgekehrt. Ich erwähnte ja bereits, dass die Gefühle, die wir für einander hatten, nicht ganz ausgeglichen waren. Ich hatte lange nicht mehr an Klausi gedacht. Immerhin feiern Martin und ich heuer unseren zehnten Hochzeitstag. Aber mir war klar, dass Klausi mir für eine sehr lange Zeit nicht mehr aus dem Kopf (schon wieder Kopf!) gehen würde. Er könnte sogar Einfluss auf meine Träume haben. Es hat Zeiten gegeben, da wäre er froh darüber gewesen — aber unter diesen Umständen wohl eher nicht.

Klausi hatte eine schreckliche Schrift. Nach all den Jahren war es noch schwieriger, sie zu lesen. Auch die Zusammenhänge waren mir nicht immer klar. Welcher Lehrer war der „volle Arsch"? Von welcher Sabine schrieb er da? Osttirol-Woche? Oh Mann, das ist alles schon so lange her! Ich quälte mich durch die Seiten. Wahrscheinlich habe ich sie auch damals nur überflogen — das konnte mich doch unmöglich interessiert haben. Es schien, als wäre ich so eine Art Tagebuch für ihn gewesen. Er schrieb einfach alles da rein.

Und ich müsste mich schon sehr doof stellen, würde ich behaupten, nicht zu wissen, was ich für ihn bedeutet habe.

Wilma winselte noch immer. Na ja, auch kein Wunder. Von meinem Mann konnte ich ja noch erwarten, selbst für sein Essen zu sorgen, aber von Wilma? Ich hatte vergessen, sie zu füttern.

Inzwischen war es später Nachmittag, und ich musste mir überlegen, wie ich es wieder schaffen könnte, zum Alltag überzugehen. Mit Martin hatte ich noch lange telefoniert. Er versprach mir volle Unterstützung bei der Bewältigung dieses Traumas. Schon damit, dass er mich einfach in Ruhe ließ, bewies er, wie ernst er es meinte.

Vorerst wurde ich noch daran gehindert, wieder mein normales Leben aufzunehmen, denn die Polizei rief an und bat mich, auf die Wache zu kommen. Zeugeneinvernahme und so was.

Ich hatte Klausis Kopf an einem Feldweg gefunden. Alles war matschig vom Regen, und die Spurensicherung hatte es bestimmt nicht leicht. Erst Stunden später fanden sie auch noch seine restlichen Körperteile. Im nahe liegenden Wald. Suchhunde hatten schließlich angeschlagen. Bei der Polizei waren alle sehr mitfühlend. Ob ich psychologische Betreuung bräuchte und so was. Ganz behutsam fand die Befragung statt. Als ich alles gesagt hatte, was ich für sagenswert hielt, fragten sie mich noch, ob ich anonym bleiben wolle. Wegen der Presse, die bestimmt schon in den Startlöchern stand. So ein Mord blieb nur kurz verborgen. Wels hat ja nicht so viel zu bieten. So ein Mord würde die Auflagen schon ganz schön steigern.

Welser Rundschau – sonst nur Fotos von Eröffnungsfeiern, Ehrungen, Klatsch und Tratsch über die Welser High Society – da kam ein Mord nur ganz recht. Natürlich wollte ich anonym bleiben. Absolut keine Lust auf Interviews und Fotoshootings. Dann noch eher ein Gespräch mit einem Therapeuten.

Mit dem Klausi hatte ich übrigens recht. Sie haben auch seine Papiere gefunden. Er war es wirklich.

Der Albtraum geht weiter

Schön langsam erholte ich mich ein wenig. Offiziell war ich krank. Eigentlich war ich das ja auch. Wer definiert, was als krank und was nicht als krank gilt? Ist man nur krank, wenn man Fieber hat? Reicht ein gehöriger Schnupfen, ein Tennisellenbogen, oder darf man sich auch nach dem Fund einer Leiche als krank betrachten?

Ich verbrachte jedenfalls viel Zeit in meinem Arbeitszimmer, und Martin unterstützte mich sehr. Meine Jungs bekamen kaum etwas mit und genossen die unverhoffte Zeit des Verwöhnens bei meinen Eltern.

Das Leben musste weitergehen. Auch wenn ich noch nie vorher in meinem Leben einen Toten gesehen hatte, konnte ich mich von dieser schrecklichen Erfahrung nicht länger am Weiterleben hindern lassen. Die Presse hatte zwar noch großes Interesse an dem Fall – es gab keine Spur von dem Täter –, aber wie versprochen wurde ich rausgehalten. Nur von einem Spaziergänger mit Hund war die Rede. Da kamen Hunderte in Frage.

Wilma verstand auch nicht, warum ich seither kein einziges Mal mehr mit ihr spazieren war. Ich ging sonst mindestens zweimal täglich mit ihr. Sie ist ziemlich „Frauerl fixiert" und schien mit mir zu trauern.

Gerade als ich beschloss, mein Leben wieder in Angriff zu nehmen, passierte es. Die Polizei rief erneut an. Die Todesursache stand endlich fest. Klausi war bereits tot, als man ihm den Kopf abtrennte. Oh, wie beruhigend. Eigentlich wurde er vergiftet. Nicht annähernd so spektakulär, aber durchaus zielführend.

Zuerst dachte ich, mir das mitzuteilen, sei der Grund, warum ich noch einmal ins Präsidium gebeten wurde.

Aber ich wurde nicht behandelt wie eine Zeugin, sondern eher wie eine Verdächtige. Da saßen auch ganz andere Beamte. Nichts mehr mit einfühlsam und freundlich. Kühl und distanziert waren die plötzlich. Insbesondere ein Herr Inspektor Obermayr hatte es auf mich abgesehen. Schätzungsweise um die fünfzig, aber echt gut aussehend für sein Alter. Sehr gepflegt und unter anderen Umständen wahrscheinlich sogar sympathisch. Er wollte alles noch einmal hören. Unterbrach mich ständig, und ich musste die kleinsten Details zehnmal wiederholen.

Was will der von mir? Habe ich heute die falsche Frisur oder was? Zuerst war ich willig, dann trotzig und zum Schluss schon ziemlich sauer. Er machte mich echt nervös. Ich fing an zu poltern, und die Tränen standen mir in den Augen. So einen Situation kennt doch sicher jeder. Völlig in die Ecke gedrängt, weiß man sich nicht mehr anders zu helfen, als wütend loszuheulen. Plötzlich warf er einen Packen Briefe auf den Tisch. Und eine alte Schuhschachtel mit Fotos stellte er daneben. „Erklären Sie mir das doch einmal", fauchte er mich an. Hatte ich doch so viele

Briefe an ihn geschrieben? Ich konnte mich nicht daran erinnern. Aber es musste wohl so sein. Die Fotos überraschten mich aber noch mehr.

Jetzt ist der Zeitpunkt gekommen, ein wenig von mir zu erzählen. Der aufmerksame Leser hat bestimmt schon einige Informationen gesammelt. Ich fasse noch einmal zusammen: Ich bin neununddreißig Jahre alt. Verheiratet, zwei Söhne, sechs und neun Jahre. Ich wohne in einem schönen Einfamilienhaus in Wels, und zu uns gehören auch noch eine Appenzeller Sennenhündin (muss man nicht kennen) und drei Katzen.

Dann wäre da noch zu erwähnen, dass mein Name Julia ist. Julia Teiche. Gelernte Kindergärtnerin – zur Zeit meiner Ausbildung durften wir uns noch so nennen, jetzt wäre ich wohl eine Kindergartenpädagogin.

Optisch bin ich wohl ziemlich durchschnittlich. Eher klein, schlank und halblanges Haar. Mein Mann findet mich sogar ziemlich attraktiv – behauptet er zumindest immer. Ich bin ein sehr lebhafter Typ. Bewege mich gerne. Mit dem längeren Stillsitzen habe ich manchmal so meine Probleme. Ich liebe Kinder und Tiere, und als brave Hausfrau bin ich auch keine Versagerin. Wie ich schon erwähnte, ziemlich durchschnittlich eben. Ich lese unheimlich gerne. Am liebsten Krimis. Sollte mir noch etwas Wichtiges einfallen, werde ich noch genug Möglichkeiten haben, es in meine Erzählung einzubauen.

Nun zurück zu dieser Geschichte. Zu dem Zeitpunkt, als Inspektor Obermayr mir dann die Fotos zeigte, wurde mir bewusst, dass ich ziemlich in der Scheiße saß – gelinde ausgedrückt. Da waren Fotos von unserer damaligen Landschulwoche, solche von längst vergangenen Partys ... aber da waren auch noch andere Fotos. Sehr aktuelle Fotos. Großaufnahmen von mir in allen möglichen Situationen. Julia beim Spaziergang mit Wilma, Julia beim Eisessen, Julia lachend, Julia gelangweilt. In meiner ganzen Fotokartei gab es im Ordner „Julia" nicht so viele Aufnahmen wie hier in dieser Schuhschachtel. Klausi war wohl ein ziemlich abgedrehter Typ. Ich dachte ehrlich, ihn gekannt zu haben. Aber anscheinend wusste ich nur sehr wenig von ihm. Klausi war wohl eher ein Klaus. Ab nun keine Verniedlichung mehr. Der hatte echt nicht alle Tassen im Schrank.

Wann wurden diese Fotos gemacht? Ich hab ihn doch in all den Jahren kaum getroffen. Da fast alle Fotos Ausschnittvergrößerungen waren, konnte ich nur schwer nachvollziehen, wo sie aufgenommen worden waren.

Ich musste wohl kreidebleich geworden sein, denn der Inspektor bot mir unaufgefordert ein Glas Wasser an.

Klaus' Wohnung war anscheinend voll mit diesen Fotos gewesen. Der smarte Inspektor Obermayr zeigte mir dann Bilder, die die Spurensicherung in seiner Wohnung aufgenommen hatte. Sogar in Postergröße gab es mich dort zu betrachten. Anscheinend hatte ich einen echten Fan – so eine verdammte Scheiße! Ich fluche nur ganz selten und niemals in Anwesenheit von Kindern. Aber das waren meine Worte, ich schwöre.

In meinem Kopf dröhnte es, mein Herz klopfte bis zum Hals. Das war ja noch schlimmer als der Fund der Leiche. Kein Schock half mir über diese Situation hinweg. Die dachten echt, ich hätte etwas mit dem Tod dieses Kerls zu tun. Anders konnte ich mir eine solche Behandlung in diesem Befragungsraum nicht erklären. Ich hatte ja plötzlich selber das Gefühl, irgendwie in die Sache verwickelt zu sein. Aber es gab ja immerhin keine aktuellen Briefe. Sie konnten mir nicht nachweisen, noch vor kurzem mit Klaus in Kontakt gestanden zu sein. Ich musste einen klaren Kopf bewahren. Ich durfte nicht „kopflos" reagieren. (Oh, welches Wortspiel!)

Nach stundenlanger Befragung – mir kam es jedenfalls so vor – durfte ich endlich nach Hause. Keine Rede mehr von psychologischer Beratung. Die hätte ich aber jetzt wirklich brauchen können.

Wieder in meinen eigenen vier Wänden, heulte ich zuerst einmal, was ich konnte. Martin hielt mich fest und musste lang warten, um eine Erklärung von mir zu erhalten. Dann kam die Wut. Diese Frechheit – wie konnten die nur! Ich schrie und tobte, und das tat richtig gut.

Jetzt ist Handeln angesagt

Dunkle Sonnenbrille, Haare unter einer Kappe, Wilma an der Leine. Ich ging das erste Mal seit dem verhängnisvollen Morgen wieder mit dem Hund raus. Und nicht einfach nur raus, nein, ich wählte genau dieselbe Route wie beim letzten Mal. Warum lag er gerade da? Wer wusste, welche Runden ich regelmäßig mit dem Hund gehe? Das waren doch unmöglich Zufälle! Da war System dahinter. Die beste Ablenkung ist Beschäftigung. Ich konnte doch nicht einfach abwarten. So nach dem Motto: Wird schon alles gut ausgehen. Und dann sitze ich plötzlich im Gefängnis. Unschuldig hinter Gittern. (Wohl ein paar Krimis zu viel gelesen.)

Anscheinend war nicht nur ich neugierig. So viele Spaziergeher hatte ich auf meiner Runde noch nie getroffen. Ich versuchte möglichst unauffällig auszusehen, auf keinen Fall wollte ich mich als „der Finder" outen. Zieht es nicht auch Täter immer wieder zurück zum Tatort? Könnte eine dieser unauffälligen Personen Dreck am Stecken haben? Der Dicke mit dem Pudel oder die Frau mit Kinderwagen?

Diesen Weg ging ich eigentlich immer nur mittwochs. Das ist der Tag, an dem ich am längsten Zeit für unseren Spaziergang habe. Keine anderen Fixtermine wie Yoga oder Teilzeitarbeit in der Schule. Mittwochs dauerte unsere Runde fast eine ganze Stunde.

Ich versuche immer, in Runden zu gehen. Ich hasse es, umzudrehen und denselben Weg zurück zu nehmen. Es gibt Runden für jeden Zeitplan. Nur bei dieser komme ich an diesen Feldweg. Wäre er also dienstags oder donnerstags ermordet worden, hätte ihn bestimmt jemand anderer gefunden. Oder sollte gerade ich ihn finden? War das der Grund, den Kopf gerade hier abzulegen? Warum wurde überhaupt der Kopf abgetrennt? Der Körper war eher leicht zu finden, und sogar die Papiere waren noch dabei. Fragen über Fragen, denen ich unbedingt auf den Grund gehen musste. Der Polizei konnte ich auf keinen Fall vertrauen. Die hatten sich da in etwas verrannt. Nie würden die mich mit Informationen versorgen – die würden mich auflaufen lassen. Ich konnte schon die Schlagzeile lesen: „Stalker von seinem Opfer kaltblütig ermordet."

Zuallererst musste ich mehr über Klaus in Erfahrung bringen. Das, was ich über ihn wusste, war ja offensichtlich nicht sehr viel. Aber ein wenig wusste ich doch. Ich kannte seine alten Freunde und seine Familie. Irgendeiner von ihnen war bestimmt noch mit ihm im Kontakt oder wusste zumindest mehr als ich. Er sang im Kirchenchor, soweit ich mich erinnern konnte. Und bei der Kleinen Welser Bühne war er für Licht- und Tontechnik zuständig. Das ist doch schon mal was. In diesem Wissen lagen meine Chancen. Wo sollte ich anfangen? Um seine Eltern anzurufen, war ich zu feige, und ich wusste ja auch nicht, ob die Polizei mich bei ihnen angeschwärzt hatte. Für die Chorprobe fühlte ich mich noch nicht reif – da waren ein paar Stimmübungen notwendig. Aber ich war schon lang nicht mehr im Theater. Höchste Zeit, das zu ändern.

Die Kleine Welser Bühne ist seit vielen Jahren eine feste Institution bei uns in Wels. Mit dem Theaterbesuch konnte ich bestimmt etwas in Erfahrung bringen. Einer seiner besten Freunde war nämlich ebenfalls dort tätig. Sie waren als Team für Ton und Licht auf der Bühne zuständig. Schon als wir noch in Kontakt standen, war das so. Durch die Zeitung wusste ich, dass diese Information noch immer aktuell war. Klaus war ein Elektronikfreak. Stunden konnte er damit verbringen, irgendwelche elektronischen Teile zusammenzubauen und wieder zu zerlegen. Immer an seiner Seite: Berni.

Berni war ein echt Süßer. Groß und schlank und knuddelig irgendwie. Ich fand, er war viel interessanter als Klaus. Ich traute mich aber nie, ihn anzubaggern – war ja dessen bester Freund. Man hat ja Charakter und Prinzipien, schließlich und endlich. Ich war aber echt gespannt, wie er wohl jetzt aussehen würde.

Aus Sicherheit machte ich mich für den Abend im Theater ordentlich zurecht. Mein Mann hasst kulturelle Veranstaltungen jeder Art. Er geht nicht mal gerne ins Kino, was ja mit Kultur nur noch sehr entfernt etwas zu tun hat. Nur um zu verdeutlichen, wie sehr ihm solche Abende zuwider waren. Für diese Fälle habe ich dann meine Freundinnen. Wie nennen uns gerne die „drei Hexen". Oft scheint es wirklich, als könnten wir gegenseitig unsere Gedanken lesen. Judith und Paula waren sofort bereit, mich zu begleiten. Sie waren froh, endlich etwas tun zu können. Es war sehr schwer für sie, untätig bleiben zu müssen und mich leiden zu sehen. Aber mit dem Selbstmitleid war es jetzt ohnedies vorbei – jetzt wurde gehandelt.

Wir drei also, aufgeputzt à la „Sex in the City", in die Innenstadt, um uns die Posse „Tritschtratsch" von Johann Nepomuk Nestroy anzusehen. Gleich beim Eingang hielt ich Ausschau nach bekannten Gesichtern. Ich war ja schließlich deswegen gekommen. Im Technikraum sah ich dann eine große Gestalt, die mich hoffen ließ.

Es gab nur eine Pause während des Stücks, das in zwei Akten angelegt war. Ich musste mir also etwas einfallen lassen. Schon kurz vor der Pause stöhnte ich ein paar Mal, und meine Freundinnen beugten sich immer wieder bekümmert zu mir.

Mein Kreislauf ist manchmal etwas labil. Am besten hilft da ein Glas Wasser. Kaum war der Vorhang zu, stützten mich Judith und Paula und führten mich zum Technikraum. Ich klopfte vorsichtig, um ein Glas Wasser zu erbitten. Und heureka! Berni öffnete mir. Er erkannte mich sofort, was mich etwas verwunderte. Ich rechnete ja damit, ihn hier zu treffen, aber er? Egal, ich war drin. Er sah immer noch sehr gut aus. Aus dem süßen war ein toller Mann geworden. Berni bot mir zuerst ein Glas Wasser an und kam dann gleich selbst auf das Thema Klaus zu sprechen. Auch ihm ginge es ja zurzeit eher schlecht nach dem, was passiert war, aber er arbeite, um sich abzulenken. Nach weiteren fünf Minuten hatten wir uns für nächsten Tag verabredet. Bingo!

Während des zweiten Aktes konnte ich mich trotzdem nicht auf den Inhalt des Stückes konzentrieren. Die „drei Hexen" heckten anschließend noch einen genauen Plan für das Treffen aus.

Endlich schlief ich wieder einmal eine Nacht durch. Ich war wieder fähig, meinen Kindern Frühstück und Jause für die Schule zuzubereiten, Einkäufe zu erledigen und sogar die Wäsche zu machen. Spazierengehen mit Wilma machte mir noch etwas zu schaffen, aber angesichts meiner anderen Fortschritte war ich sehr zufrieden mit mir.

Wir trafen uns um siebzehn Uhr im Cafè Hoffmann. Berni redete wie aufgezogen. Ich brauchte gar keine Fragen zu stellen, anscheinend tat es ihm gut, über Klaus zu reden. Er wusste von diesem „Julia-Tick". Nachdem Klaus' Ehe schief gelaufen war, steigerte er sich immer mehr hinein.

Er hatte schon früher oft von mir gesprochen und die alten Fotos regelmäßig hervorgekramt. Aber seit rund einem halben Jahr wurde es krankhaft. Darum erkannte Berni mich auch sofort wieder. Ich konnte nicht anders und erzählte ihm von dem schrecklichen Zufall, einen Teil von Klaus' Leiche gefunden zu haben. Er war total betroffen. Aber im Gegensatz zu mir war er davon überzeugt, dass das reiner Zufall sein musste. Klaus vernachlässigte seine Arbeit, hatte für nichts mehr Energie aufbringen können. Anscheinend kündigte er vor einem Monat sogar seinen Job bei einer EDV-Firma. Berni hatte so seine Vermutungen.

Vielleicht war Klaus ein Spieler? Ließ sich dabei mit den falschen Leuten ein? Er zockte gerne mal, erzählt Berni weiter. Hatte er an einem vermeintlich sicheren System gebastelt? Es tat mir unheimlich gut, all diese Vermutungen zu hören. Es dauerte nicht lange und ich war überzeugt: Ich hatte mit Klaus' Tod nichts zu tun. Alles war ein echt blöder Zufall.

Nach dem Gespräch fühlte ich mich erheblich besser. Über Bernie selber erfuhr ich, dass auch er eine gescheiterte Beziehung hinter sich hatte und zurzeit sein Singleleben genieße. Er war kinderlos und, wie man so schön sagt, „gut situiert". Ein echter Traummann sozusagen. Ich dachte sofort an meine Freundin Judith, die mit ihrem Singledasein gar nicht so glücklich war. Nach geschlagenen drei Stunden im Cafè Hoffmann verabschiedeten wir uns. Schon zwei Tage später würden wir uns aber wiedersehen. Das Begräbnis war für Montag zehn Uhr angesetzt. Ich musste wohl oder übel noch einmal meine Yoga-Stunde, die immer um diese Zeit stattfand, sausen lassen.

Zu Hause war ich wie ausgewechselt. Martin hatte seine Frau zurück und Peter und Paul ihre Mutter. Fast alles war wieder gut.

Traue niemandem!

Das Begräbnis war ein einziges Heulkonzert. Ich brauchte Unmengen von Taschentüchern. Martin und ich suchten uns einen Stehplatz (an Sitzen war bei der Menge an Trauernden nicht zu denken) in der Nähe von Berni. Ich musste ihm den Mann zeigen, der mich von meinem Verfolgungswahn befreit hatte. Fesch sah er aus in seinem schwarzen Anzug und mit der dunklen Sonnenbrille. Gut einen Kopf größer als mein Mann und noch immer dichtes dunkles Haar.

In der Predigt hieß es: „So jung aus dem Leben gerissen!" oder: „Gottes Wege sind unergründlich." Es hing wie ein unsichtbares Tuch über der ganzen Trauergemeinde – das Wort MORD. Auch wenn es nicht ein einziges Mal ausgesprochen wurde. Dass sie die Leiche trotz der Umstände doch so schnell freigaben, verdankten wir der Tatsache, dass ein Gerichtsmediziner in Wels nicht allzu viel zu tun hat. Ich natürlich keine Ahnung davon, was dieser Profi noch alles herausgefunden hatte. Aber es war anscheinend nichts dabei, was zu einem Täter führte. Auch durch die Presse war kaum Neues zu erfahren. Es wurde um Hinweise aus der Bevölkerung gebeten. Irgendjemand musste doch etwas mitbekommen haben. Sei es von dem Mord selbst oder von den Umständen, die dazu führten. Der Kirchenchor, dem Klaus ja auch angehört hatte, sang ein ergreifendes Requiem, und die Zuhörer schluchzten und stöhnten, was das Zeug hielt. Dann hatten wir es endlich geschafft. Der Sarg wurde in die Grube gelassen, und der Pfarrer verabschiedete uns mit: „Gehet hin in Frieden!" Den engsten Verwandten wurden zum Kondolieren Sessel aufgestellt. Sie konnten sich kaum mehr auf den Beinen halten. Ohne Beruhigungsmittel in hoher Dosierung kann man so etwas wahrscheinlich sowieso nicht durchstehen.

Da saßen also seine Mutter, sein Vater und natürlich auch seine Schwester Biggi. Eigentlich heißt sie Birgit, aber dank ihrer Leibesfülle bot sich Biggi ja geradezu an. So blieb ihr dieser Spitzname auch über ihre Kleinkinderzeit hinaus erhalten. Seine Ex konnte ich nicht ausfindig machen. Ich hatte sie vielleicht zweimal gesehen. Einmal hochschwanger und das andere Mal verkleidet am Faschingsdienstag und schon ziemlich angeheitert. Klaus' Mutter drückte mich an ihre Brust und meinte mit tränenerstickter Stimme: „Jöh, die Julia – der Klaus hat dich immer so gern gehabt. Wo warst denn in all den Jahren?" Noch bevor ich reagieren konnte, schloss mich auch schon Biggi in ihre Arme. Ihre Augen waren total verheult, und sie flüsterte mir ins Ohr: „Das war diese Hexe Silvia. Hundert Prozent! Die konnte nicht verkraften, dass der Klaus zu Geld gekommen war und ein neues Leben anfangen wollte."

Die Fragezeichen in meinen Augen müssen nur so geleuchtet haben. Silvia? Seine Exfrau? Von welchem Geld und welchem neuen Leben sprach sie? Eigentlich wollte ich ja gleich nach Hause fahren. Jetzt aber musste ich unbedingt noch zur Zehrung. Biggi lud mich explizit dazu ein. Außerdem starb ich fast vor Neugierde. So fuhr Martin allein, und ich machte mich auf den Weg zum „Friedhofwirt". Zu Fuß nur ein Katzensprung vom Friedhof – worauf ja der Name des Gasthauses schon schließen lässt. Irgendjemand würde mich schon nach Hause bringen. Mich ekelt schrecklich vor Rindfleisch mit Semmelkren – schon vom Hinschauen wird mir schlecht. Aber da musste ich durch.

Ich schien auf alle Menschen, die Klaus nahestanden, dieselbe Wirkung auszuüben. Wie Berni beantworteten auch Biggi und ihre Mutter alle meine ungefragten Fragen ganz von allein. Gerade in letzter Zeit sei er so glücklich gewesen. Endlich hatte er die Trennung von Silvia überwunden, und mit dem Geld, das er erwartete, wollte er noch einmal ganz von vorn anfangen. „War er wirklich ein Spieler?" Mutter und Tochter bekamen fast einen Lachkrampf, als ich diese Frage stellte. Klaus und ein Spieler? „Wie kommst du denn da drauf? Er konnte doch nicht mal richtig Uno spielen. Spiele interessierten ihn überhaupt nicht. Nein, nein, das Geld war ehrlich verdient. Hatte was mit seiner Arbeit zu tun. Prämie oder so was", erklärten sie mir.

Jetzt war ich endgültig total verwirrt. Irgendjemand lügt doch da. Berni saß am anderen Ende des Tisches. Er sah immer wieder zu mir her und schenkte mir sein süßestes Lächeln. Wem sollte ich jetzt glauben? Diesem wunderbaren Mann mit dem zauberhaften Lächeln oder den Menschen, die Klaus mit Sicherheit wirklich geliebt haben? – Zeit, es herauszufinden.

Vertrauen ist gut, Kontrolle ist besser

Mit leerem Magen – wie kann man nur Rindfleisch mit Semmelkren essen? – wurde es Zeit, mich auf den Heimweg zu machen. Der aufmerksame Berni hatte schon bemerkt, dass mein Mann nicht mehr mit dabei war, und bot an, mich nach Hause zu bringen. Auch noch ein Gentleman!

Auf der kurzen Fahrt im Auto wollte ich ihn nicht mit meinen neuen Erkenntnissen bezüglich Klaus' letzten Eindrucks bei dessen Familie konfrontieren. Berni fuhr einen schönen klassischen BMW. Nicht übertrieben sportlich, aber auch keine Familienkutsche. Ich war aber unruhig, und es fiel mir schwer, ihm in die Augen zu sehen. Als wir vor meiner Haustür hielten, drückte er mir seine Visitenkarte in die Hand und bot mir an, mich jederzeit bei ihm melden zu können. Tag und Nacht. In so einer Situation muss man zusammenhalten und sich gegenseitig helfen, meinte er treuherzig. Ich schmolz dahin ob so viel Feingefühl. All meine Zweifel an seiner Loyalität waren zerstreut. Vorerst!

Mi mi mi mi mi – die Tonleiter rauf und runter. Ich wollte mich schließlich nicht völlig blamieren. Meine Zeit als große Sängerin ließ noch auf sich warten. Für ein Mitglied im Kirchenchor sollte es aber reichen. Ein Anruf bei der zuständigen Pfarre hatte mich mit den notwendigen Informationen für mein neues Projekt versorgt. Proben immer donnerstags um neunzehn Uhr. Name des Chorleiters: Stefan Weiß. Bedarf an Sopranistinnen gegeben. Also ein Abschiedskuss für meine Männer, und los ging's.

Mit der Hilfe meiner Hexen brauchte ich dieses Mal nicht zu rechnen. Unterstützen, ja, aber singen – niemals! So hieß ihre Devise.

Pünktlichkeit war anscheinend nicht die Tugend der Chormitglieder. Fünf Minuten vor Probenbeginn stand ich noch völlig allein vor dem verschlossenen Pfarrsaal. Als ich gerade wieder gehen wollte, hörte ich ein aufgeregtes Schnattern und Gackern. Nein, da war kein Bauernhof in der Nähe. Die weiblichen Gesangsmitglieder näherten sich. Bald konnte ich einige Wortfetzen erkennen. Wie erhofft, war das Thema Klaus hier noch hochaktuell. Man traf sich ja nur einmal wöchentlich. Viel Gesprächsstoff, wenig Zeit. Als sie mich erblickten, verstummten sie jedoch. Wäre zu einfach gewesen – das Singen sollte mir also nicht erspart bleiben.

Ich setzte mich zur Gruppe der Sopranistinnen und bekam auch gleich eine Notenmappe in die Hand gedrückt. Der Chorleiter, ein Mann in meinem Alter, hieß mich herzlich willkommen. Nach zehnminütigem Einsingen (meine Mi-mi-mis hätte ich mir also ruhig sparen können) ging es dann los. Ein paar Herz-Schmerz-Gospellieder wurden geübt, und ich musste mich ganz schön anstrengen. Das Singen lenkte mich ab. Für eine Zeit vergaß ich ganz, warum ich überhaupt hergekommen war. Die Bauchmuskeln schmerzten vom vielen Spannung- halten, und mein Mund war nach den zwei Stunden wie ausgedörrt. Jetzt war mir auch klar, warum alle eine Flasche Wasser neben ihrem Platz stehen hatten. Der Chor bestand aus fünf Sopranistinnen, doppelt so vielen Altistinnen, drei Tenören und sechs Bassisten. Schwatzhaft waren sie alle.

Wie erhofft, war es üblich, sich nach der Probe noch auf ein Glas Wein beim Italiener zusammenzusetzen. Auch ich wurde zum Glück aufgefordert, doch noch mitzukommen.

Wein lockert ja bekanntlich die Zunge. Ich musste nur aufpassen, dass er nicht meine Zunge lockerte. Ich vertrage nicht so richtig viel Alkohol. Dass ich heute noch den Dienst eines Taxis benötigen würde, wurde mir bald klar. Ich hatte seit langer Zeit wieder einmal richtig Spaß.

Wir waren um die zehn Leute, und wir genossen es, Sorgen und Kummer im Wein zu ertränken. Die Sopransolistin war schrill und laut, die Altistin mütterlich und die Männer witzig und charmant. Ganz ungezwungen kamen wir dann auch auf das tragische Schicksal von Klaus zu sprechen. Ich hatte mir eine Begründung dafür überlegt, warum ich gerade in diesen Chor einsteigen wollte. Der Gesang bei Klaus' Begräbnis hätte mich so berührt, dass ich beschloss, genau hier singen zu wollen. So war auch der berühmte rote Faden zum Thema gesponnen. Ja, die Sache mit Klaus hatte alle sehr mitgenommen, erfuhr ich. Ganz besonders eine gewisse Maria. Sie war heute nicht anwesend, noch immer nicht fähig, wieder zu singen. Maria war in Klaus verliebt. Er anscheinend auch in sie. Wie passte das zu der Fotosammlung zum Thema Julia in seiner Wohnung? Ob sie wohl mal bei ihm zu Hause war? Die beiden hatten sich im Kirchenchor kennengelernt, und nach und nach wurde eine Beziehung daraus. Sie hätte ihm auch die Kraft gegeben, nach seiner Scheidung wieder zurück in ein normales Leben zu finden. Schon wieder neue, verwirrende Informationen! Irgendwie passte überhaupt nichts zusammen.

Von dieser Maria hörte ich das erste Mal. Schon komisch, dass weder Berni noch Klaus' Familie sie je erwähnt hatten. War die Liebe noch so frisch? Hatte Klaus sie geheim gehalten? Wenn ja – warum?

Der Abend oder besser gesagt die Nacht neigte sich dem Ende zu, und ich verabschiedete mich von meinen neu gewonnenen Kollegen mit der ehrlichen Absicht, wieder zur Probe zu kommen. Sowohl das Singen als auch der anschließende Umtrunk hatten mir richtig gefallen. Dass ich vielleicht dann auch noch diese ominöse Maria kennenlernen könnte, war nur eine angenehme Nebenerscheinung. Noch eines wurde mir klar: Ich brauchte unbedingt noch mehr Informationen von dieser Silvia, Klaus' Exfrau.

Kontrollverlust

Es war bereits weit nach Mitternacht, als ich in das Taxi stieg. Als der Fahrer mich nach der Zieladresse fragte, durchfuhr es mich wie ein Blitz: Es war höchste Zeit, Berni endlich mit meinen unterschiedlichen, sich durchaus widersprechenden Neuigkeiten zu konfrontieren. Er hatte doch angeboten, Tag und Nacht für mich da zu sein. Ich kramte verzweifelt in meiner Handtasche (je größer, desto mehr Zeug, das man nie braucht, schleppt man mit sich herum) und fand sie schließlich doch – Bernis Visitenkarte.

Ich nannte die darauf genannte Adresse, worauf mich der Taxilenker etwas gequält ansah. „Da hätten Sie aber auch gleich zu Fuß gehen können." Peinlich – Berni wohnte keine fünf Gehminuten entfernt. Vielleicht spielte der Alkoholkonsum dieses Abends – ich hatte vom Singen auch wirklich ein großen Durst – eine gewisse Rolle, als ich dann wirklich vor der Haustür eines Mehrparteienhauses stand und nach Bernis Nachnamen suchte.

Koller heißt der Berni. Nach einer kurzen Überwindungsphase drückte ich auf die entsprechende Klingel. Eine verschlafene Stimme meldete sich mit einem lang gezogenen „Ja?" Als ich meinen Namen nannte, summte auch gleich der Türöffner. Vor seiner Wohnung stehend, schmiedete ich noch kurz einen Fluchtplan, aber zu spät: Berni öffnete die Tür, und er sah zum Anbeißen aus. Nur in enge Shorts gekleidet, stand er vor mir. Sein Haar stand strubblig vom Kopf ab – ich hatte ihn ganz eindeutig geweckt.

Noch kein Wort war über meine Lippen gekommen (kommt bei mir eher selten vor), als er mir mit einer Geste aus Arm- und Kopfbewegung zu verstehen gab, dass ich doch bitte eintreten solle. Da stand ich dann. Was wollte ich hier? Wollte ich wirklich reden? Irgendwo von einem Raum drang nur ein schummriges Licht zu uns, wir befanden uns fast im Dunkeln. Noch kein Wort war gesprochen worden. Es sollte auch vorerst nicht dazu kommen. Berni trat einen Schritt näher an mich heran, was den Abstand zwischen uns auf ein Minimum verringerte. Mir wurde plötzlich so heiß, dass ich ein leises, stöhnendes Geräusch von mir gab. Das war wohl nicht gerade förderlich, um die Situation zu entschärfen. Nur einen kurzen Augenblick später hatte er mich an sich herangezogen, beugte sich über mich und begann mir den Hals zu küssen. Was passierte da, war ich jetzt völlig verrückt? Ich war eine glücklich verheiratete Frau – konnte mich wirklich nicht über zu wenig Erotik in meiner Ehe beschweren. Aber es war zu spät. Der Verstand hatte keine Kontrolle mehr über mich. Ich möchte dem Alkohol nicht die Schuld für das geben, was dann passierte, dafür war es zu schön. Ich verlor jede Selbstbeherrschung, und wir ließen es einfach passieren. Ich werde jetzt nicht näher auf diese Situation eingehen, aber eine Stunde später lag ich nackt und erschöpft in seinen Armen, und die Realität begann mich langsam einzuholen.

Ich hatte soeben meinen Mann betrogen. Ich kannte Berni nicht mal richtig. Ich kam mir vor wie in einem Film. Langsam und behutsam löste ich mich aus seiner Umarmung und begann meine Kleider einzusammeln. Ich flüsterte ein „Ich muss jetzt gehen" und gab ihm noch einen Kuss auf den Bauchnabel. Wir schauten uns noch einen langen Augenblick tief in die Augen, und ich wusste, dass er mich verstand.

Schon wieder. Die kühle, frische Luft tat mir gut. Ich spazierte zurück zu dem Restaurant, wo ja noch mein Auto stand. Dort war natürlich längst alles dunkel. Ich fühlte mich jetzt völlig nüchtern und fuhr nun endlich nach Hause.

Als ich dann im Bett neben Martin lag, der tief und fest schlief, wusste ich, dass das nicht noch einmal passieren würde. Ich liebe meine Familie und würde sie auf keinen Fall aufs Spiel setzen. In meinem Leben war so viel passiert in den letzten Wochen – meine Familie war mein Halt und meine Stütze. Hier wurde ich so geliebt, wie ich bin. Ich wollte nicht auch noch meinen Kopf verlieren.

Am nächsten Tag war irgendwie alles verschwommen. Ich ging mit einem aufgesetzten Lächeln durch den Tag und wünschte, ich hätte nur einen heißen Traum gehabt. Nicht dass ich den Sex an und für sich bereut hätte, aber die Tatsache, dass es nicht Martin war, mit dem ich letzte Nacht feuchte Küsse getauscht hatte, machte mich schon sehr nervös. Sollte ich es ihm sagen? Nein! Das würde alles nur noch verschlimmern. Eine Wiederholung dieser Nacht war völlig ausgeschlossen, und es wäre eine zusätzliche Krise einfach nicht wert.

Am späten Nachmittag kam eine SMS mit dem Inhalt: „Alles okay, mach dir keine Sorgen." Berni wusste wieder einmal genau, was ich hören wollte.

Mit vereinten Kräften

Morgens aufstehen, im Bad einen halbwegs ansehnlichen Menschen aus mir machen, Frühstück und Jause für die Jungs vorbereiten und diese anschließend in die Schule bringen. Mit Wilma eine Runde spazieren, Einkäufe erledigen und Haushalt und Garten in Ordnung halten. Mittagessen kochen, Jungs und Martin kommen zum Essen … der Tag nimmt seinen Lauf. Ich würde meine Nase nicht mehr in diese Mordgeschichte stecken. Nein! Nein! Nein! Warum konnte ich dann an nichts anderes denken? Warum gab ich den Namen „Silvia Weber" in die Suchmaschine ein? Sechstausenddreihundertneunzig Einträge spuckte der Computer aus, als ich Klaus' Exfrau googeln wollte. In *Seiten aus Österreich* immer noch hundertsechsundsechzig. Dabei wusste ich ja nicht einmal, ob sie noch Weber hieß. Viele Frauen nehmen nach der Scheidung wieder ihren Mädchennamen an. Selbst für *Silvia* gab es noch verschiedene Schreibmöglichkeiten. Hoffnungslos!

Am Abend, als die Kinder im Bett lagen, setzte sich Martin zu mir auf die Couch. „Kann ich dir irgendwie helfen? Du siehst noch immer so fertig aus. Du wirst sehen, alles wird wieder gut. Wir schaffen das schon. Ich werde immer für dich da sein, mein Schatz." Wieder einmal lag ich dann weinend in seinen Armen. Er tröstete mich auch noch.

Zwei Wochen vergingen, in denen ich ein fast ganz normales Leben führte. Eine Änderung zu meinem bisherigen Leben war, dass ich weiterhin in die Chorprobe ging – das Singen gab mir ein befreiendes Gefühl.

Die ominöse Maria war aber noch immer nicht wieder aufgetaucht. Sie hatte aber angekündigt, bald wieder in die Proben einzusteigen.

Nach den Gesangsabenden fuhr ich sofort nach Hause. Mit Berni hatte ich nicht gesprochen und hatte das in nächster Zeit auch nicht vor.

Jetzt muss ich wieder einmal ins Detail gehen, denn was sich dann an einem Donnerstag Abend um siebzehn Uhr ereignete, gehört sehr genau beschrieben. Ich war gerade mit Gemüsebeetjäten beschäftigt, als ich mein Handy klingeln hörte. Na ja, eigentlich klingelt es nicht wirklich, sondern spielt den Sommerhit von 2006 „You make me crazy!", aber das tut eigentlich nichts zur Sache. Aber wenn schon ins Detail, dann auch richtig.

Mein Handy lag auf dem Terrassentisch, damit ich es auch im Garten gut hören konnte. Die angezeigte Nummer war mir fremd, so dass ich mich förmlich mit „Teiche Julia" meldete. Zuerst hörte ich nur ein Atemgeräusch und musste nachfragen: „Hallo, wer spricht? Hier ist Teiche am Apparat." Dann vernahm ich eine weibliche Stimme, die fragte: „Sind Sie die Julia, die mit Klaus Weber in die Schule gegangen ist?" – „Wer möchte das denn wissen?", fragte ich, und sofort fing mein Herz laut zu pochen an. Und jetzt kommt's: „Hier spricht Silvia. Silvia Weber. Wir haben uns schon mal kennengelernt. Ist aber schon eine Weile aus. Vielleicht können Sie sich trotzdem noch an mich erinnern." Ja, richtig gehört! Klaus' Exfrau rief mich an. Da zermarterte ich mir den Schädel, wie ich mit ihr in Kontakt treten könnte, und dann ruft sie mich einfach an! Ich brachte keinen anständigen Satz zusammen. Ich stammelte unsinniges Zeug in das Telefon, was sich ungefähr so anhörte: „Äh, ja sicher, äh, wie kann ich – ich meine, der Klaus ist ja, sozusagen ..." Dann holte ich noch einmal ganz tief Luft und versuchte es wieder. „Hallo, Silvia. Soviel ich weiß, waren wir schon mal beim Du, und ich tu mir so einfach leichter. Es tut mir so leid, was passiert ist. Kann ich dir vielleicht irgendwie helfen?"

Jetzt kürze ich den Dialog doch etwas, um nicht langatmig zu werden. Es lief darauf hinaus, dass Silvia sich gerne mit mir treffen würde. Ich schlug ihr vor: „Wie wäre es, wenn wir uns hier bei mir treffen? Dann brauche ich niemanden, der auf die Kinder aufpasst, und du kannst ja dein Kind einfach mitbringen. Du hast doch ein Kind, oder?"

Ich dachte mir, ein Treffen bei mir zu Hause hätte etwas Unverfängliches, ich wollte mich nicht irgendwo anonym in einem Kaffeehaus treffen und mich wie eine Privatdetektivin fühlen, die Informationen sammelt. Silvia war sofort einverstanden. Ihr Sohn war sieben Jahre alt und lag damit altersmäßig genau zwischen meinen. Das waren gute Voraussetzungen für einen entspannten Nachmittag. Nachdem wir einen Tag gefunden hatten, an dem wir für unsere Kinder nicht Taxi spielen mussten, um sie zu irgendwelchen Trainings- oder Musikunterrichten zu bringen und sie nach einer Stunde wieder abzuholen, verabschiedeten wir uns.

Das Gespräch war irgendwie so freundschaftlich verlaufen. Sie klang weder doof noch zickig, sondern einfach wie eine meiner guten Bekannten, mit denen ich mich auch ab und zu mal zum Nachmittagskaffee zu Hause traf. Sollte mich das verunsichern? Jedenfalls war ich schon sehr gespannt auf Silvia und Jan. (Jan ist der Name von Klaus' und Silvias Sohn.) Das Treffen sollte am darauffolgenden Mittwoch um vierzehn Uhr dreißig stattfinden. – Pünktlich zur abgemachten Zeit läutete es.

Wilma bellte wie immer, wenn sich jemand an der Tür ankündigt, und ich musste sie vorerst hinter die Glastür verbannen, weil ich vergessen hatte zu fragen, ob Silvia oder ihr Sohn Probleme mit Hunden haben. Wie sich herausstellte, lieben sie Hunde. Jan strahlte regelrecht, als er Wilma sah. Die drei Jungs verzogen sich sogleich in den Garten, um mit ihr zu spielen, so dass Silvia und ich ein entspanntes Gespräch aufbauen konnten. Sie war mir von Anfang an sympathisch.

Ich versuche, Silvia zu beschreiben. Sie ist so ein richtiges Vollweib. Was man sich darunter vorstellen soll? Sie ist nicht superschlank, hat aber perfekte Proportionen (als ich sie hochschwanger sah, war das ja echt nicht zu erkennen). Ihr Haar ist dunkel und steht frech vom Kopf ab – nicht richtig kurz, aber auch nicht lang. Auf jeden Fall feminin. Sie hat einen tiefe Stimme und einen „Strahleblick". Sie ist selbstbewusst und bestimmt einen Raum, wenn sie ihn betritt. Ich mag solche Frauen. Auf gewisse Typen von Menschen kann sie aber ohne Weiteres beängstigend wirken.

Zuerst unterhielten wir uns über Themen wie Kinder, Haus und Garten, Erinnerungen an unsere ersten kurzen Begegnungen. „Wie lang bist du eigentlich schon von Klaus geschieden gewesen, bevor das mit ihm passiert ist?", versuchte ich dann aber doch „zum Thema" zu kommen. „Getrennt gelebt haben wir schon über ein Jahr, und die Scheidung ist seit vier Monaten durch. So richtig geklappt hat es aber eigentlich von Anfang an nicht. Der eigentliche Grund, warum wir überhaupt fünf Jahre zusammen waren läuft draußen mit eurem Hund herum", meinte sie mit einem Seufzen. Zuerst schien es durchaus die große Liebe zu sein – aber scheint das nicht immer so?

Klaus war ein richtiger Vereinsmeier: Chor, Theater, und bei der freiwilligen Feuerwehr war er auch eine Zeit lang. Das war natürlich mit langen Probeabenden und anschließendem geselligen Beisammensein verbunden. (Jaja, damit hatte ich inzwischen auch schon meine Erfahrungen gemacht.) Hier ein Ämtchen, da ein Ämtchen. Zeit für Frau und Kind blieb da kaum noch. Wenn er dann einmal zu Hause war, saß er über seinem Elektronikkram und dem Computer. Silvia hingegen fing an, allein auszugehen, und so entfernten sie sich ziemlich schnell voneinander. Klaus' Familie sah natürlich nur den Anteil, den Silvia zum Scheitern der Beziehung beitrug. Sie hätte ihren Mann nicht unterstützt, und eine gute Hausfrau war sie sowieso nicht. Nach der Trennung kümmerte sich Klaus mehr um Jan als vorher.

Dass ich irgendwie über Umwege mit Klaus' Tod zu tun hatte, erfuhr sie von der Polizei. Natürlich wollten sie von ihr wissen, ob sie mich kenne, in welcher Beziehung ich zu Klaus stand usw. Auch sie hatte das zweifelhafte Vergnügen, sich einer intensiven Befragung durch Inspektor Obermayr unterziehen zu dürfen. Es machte Spaß, ihn gemeinsam nachzuäffen und über ihn zu lachen. „Ich habe ihn mir die ganze Zeit in Winnie-the-Pooh-Unterhosen vorgestellt, sonst hätte ich für nichts garantieren können", erzählte sie mit Lachtränen in den Augen.

Innerhalb eines Nachmittags waren wir zu so etwas wie Leidensgenossinnen, nein, zu Verbündeten geworden. Silvia wollte wie ich einfach nicht tatenlos den Dingen ihren Lauf lassen. Der Vater ihres Kindes war ermordet worden, und auch wenn sie getrennt waren, nahm sie das sehr mit.

Klaus hatte hin und wieder von mir gesprochen und auch ein wenig geschwärmt. Aber diesen Fototick musste er wohl erst vor kurzem entwickelt haben. Silvia hatte keine Ahnung und war auch sehr verwundert. „Das passt überhaupt nicht zu ihm. Einer Frau so viel Aufmerksamkeit zu schenken, ist völlig untypisch für Klaus. Er vergaß Hochzeitstage, und zu Geburtstagen gab es höchstens Verlegenheitsgeschenke. Romantik war ihm fremd. Fotos machte er nicht einmal im Urlaub, geschweige denn von mir. Und auf seine Art hat er mich doch geliebt – da bin ich sicher", erklärte sie nachdenklich.

Auch Silvia hatte kaum mehr Information über den Stand der Ermittlungen als ich. Anscheinend hörte sich die Polizei im Spielermilieu um, was ihr ebenso absurd vorkam wie Klaus' Mutter. „Spieleabende gehörten nun wirklich nicht zu seinen Passionen, und im Casino war er, soviel ich weiß, auch nie", reagierte sie auf dieses Thema sehr eindeutig. Berni schien da ja ganz anderer Meinung zu sein. „Apropos Berni. Was hältst du eigentlich von ihm?", fand ich dann endlich einen Grund, um auf Klaus' besten Freund zu sprechen zu kommen. „Berni hat bestimmt mehr Freizeit mit Klaus verbracht als ich. Allein schon durch die Arbeit im Theater. Ich mag ihn. Aber ich weiß nicht, ob er mich mag. Ich komme nie so richtig an ihn ran", beschrieb sie ihre Beziehung zu ihm.

Meine Lippen blieben fest verschlossen. Ich war ja ziemlich schnell an ihn rangekommen – wenn man das so sagen darf. Auch wenn mir Silvia wirklich sympathisch war, behielt ich das doch lieber für mich. „Vielleicht war Berni ja eifersüchtig auf dich? Immerhin hast du ihm seinen besten Freund abspenstig gemacht. Im Unterbewusstsein oder so", suchte ich nach einer Erklärung.

Bis auf das kleine Detail mit Berni erzählte ich ihr so ziemlich alles, was ich unternommen hatte, um an Informationen zu kommen. Dass ich jetzt in den Chor ging, amüsierte sie köstlich. Sie war nur einmal bei einer Weihnachtsfeier mit und fand den ganzen Verein zum Kotzen – wie sie sich auszudrücken pflegte.

„Das wäre nichts für mich, dann noch lieber ins Theater", lachte sie.

„Okay, dann übernimmst du das Theater. Arbeitsteilung sozusagen. Und nach jeder Probe gibt's Informationsaustausch", meinte ich daraufhin so halb im Spaß.

„Wieso nicht? Zusammen kommen wir viel schneller voran. Wir beide werden ein Team – du und ich auf der Seite der Verbrechensbekämpfung", meinte sie dann und sah mir dabei ganz fest in die Augen.

Ich sagte nicht nein.

Die Kinder waren schon hungrig und fingen an, unser Gespräch ständig zu unterbrechen. Ich warf Pizza ins Backrohr und eine DVD in den Multimediaplayer. Das verschaffte uns mindestens noch neunzig Minuten Ruhe. Wilma war vom vielen Herumtoben sowieso streichfähig.

Wir wollten die Sache professionell angehen – wie war das doch noch mal? Wer wollte nicht Detektiv spielen? – und erstellten eine Liste mit allen offenen Fragen, die der Wichtigkeit nach geordnet sein sollten. Das war gar nicht so einfach – alles schien wichtig zu sein. Was hatten wir bisher außer Acht gelassen? (Ja, auch Silvia hatte sich so ihre Gedanken gemacht.)

Als wir so beisammen saßen, kam Martin von der Arbeit. Nachdem er noch einen Rest Pizza verdrückt hatte, saß er bei uns, und ehe es uns so richtig bewusst geworden war, gab er uns entscheidende Tipps und Hinweise. Die Logik eines Mannes war genau das, was uns noch gefehlt hatte. Das meine ich völlig ohne Ironie.

„Womit genau beschäftigte Klaus sich eigentlich, wenn er, wie ihr das ausdrückt, über seinem Elektronikkram brütete?", warf er zum Beispiel ein. Eine durchaus berechtigte Frage. „Was war sein Fachgebiet im der Firma? Hat er wirklich freiwillig gekündigt und, wenn ja, warum?"

Wir sahen ihn mit großen Augen an. „Ja, diese Fragen wirst wohl du für uns klären müssen", meinten wir unisono „Willkommen im Team!"

Unsere Liste beinhaltete vorerst folgende für uns wichtigen Punkte:

- Maria
- Job
- Geldsegen
- Julia Fotos
- Elektronikkram
- Gift
- Berni

Silvia wollte Klaus' finanzielle Situation in Erfahrung bringen. Vorteilhafterweise war sie halbtags bei einer Bank beschäftigt, was sie eindeutig für diese Recherchen qualifizierte. Martin sollte Klaus' Job und Vorliebe für Elektronik und Computer unter die Lupe nehmen. Um Maria musste ich mich kümmern. Auch über die Fotos sollte ich mehr herausfinden. Um etwas über das Gift, mit dem Klaus getötet wurde, zu erfahren, blieb uns wohl ein weiteres Zusammentreffen mit „unserem" Herrn Inspektor Obermayr nicht erspart. Wer den Berni übernehmen sollte, konnten wir nicht mehr klären.

So voller Tatendrang mussten wir unsere gesellige Runde nun doch auflösen. Auch der schönste Kinderfilm geht einmal zu Ende.

„Ich bin so froh, dass ich dich angerufen habe. Ich freue mich schon auf unser nächstes Treffen", sagte Silvia zum Abschied, und ich war völlig ihrer Meinung.

In dieser Nacht waren Martin und ich noch lange wach – und das nicht nur, um zu reden.

Die Sache beginnt langsam Spaß zu machen

Montag, achtzehn Uhr dreißig. Noch eine halbe Stunde bis zu Chorprobe. Heute würde ich mit ziemlicher Sicherheit endlich Maria kennenlernen. Ich teilte Martin meine Absicht mit, vielleicht nach der Probe noch zum Italiener zu gehen. Ich betonte etwas zu deutlich, dass ich vorhätte, nicht zu spät zu kommen, und dass er sich keine Sorgen zu machen bräuchte. „Ich habe kein Problem damit, oder sollte ich mir aus irgendeinem Grund Sorgen machen?", sah er mich dann fragend an. Ich lachte verlegen und gab ihm einen besonders dicken Abschiedskuss. „Ich liebe dich halt", begründete ich mein Verhalten. Ich meinte es aber auch so.

Unpünktlich wie immer begannen wir mit unseren Atemübungen. Ich konnte mein „Opfer" dabei gut ins Auge fassen. Maria war da. Sie saß in der Gruppe der Sopranistinnen. Es schien, als sei sie das ganze Gegenteil von Silvia. Ein unscheinbares Mäuschen. Nicht dass sie unhübsch wäre – nur fehlte ihr jegliche Ausstrahlung. Sie wirkte schüchtern und unsicher.

Wir nahmen ein neues Lied in Angriff, und zu meiner Überraschung teilte Stefan, der Chorleiter, das zugehörige Solo Maria zu. Sie nickte nur und stand dann auf. Solisten stehen meistens, um ihren Klangkörper besser nutzen zu können. Schon jetzt schien sie gewachsen zu sein. Nach ein paar Takten Vorspiel mit dem Klavier und einem kurzen Chorteil begann sie zu singen. Es verschlug mir regelrecht die Sprache. Ich setzte meinen Gesang aus, um zu lauschen. War da ein Engel im Raum? Meine Nackenhaare sträubten sich, und ein kalter Schauer lief mir über den Rücken.

Maria begann beinahe zu strahlen. Ihre Stimme klang einfach unbeschreiblich. Manchmal weiß man nicht, ob da eine Geige spielt oder ob das der klare Klang einer Stimme ist. Ein leichtes Vibrato unterstrich diesen hellen Klang völliger Unschuld. Man war vom ersten Ton an verliebt in diese Frau. Nach ein paar Schreckminuten (ein Schreck der absolut angenehmen Sorte) versuchte ich wieder den Einstieg in meine Noten zu finden, aber bestimmt sah man mir die Überraschung noch immer an. Stefan lächelte zufrieden und meinte nur: „Schön wie immer, Maria." Der gesamte Chor applaudierte am Ende des Liedes.

Da mir dieses Mal eine Wasserflasche zur Seite stand, ging's nach der Probe nicht mehr ganz so durstig wie beim letzen Mal zum Stamm-Italiener. Ich hatte Glück. Meine Kollegen konnten Maria überreden, mitzukommen. „Wird höchste Zeit für dich, wieder unter die Leute zu gehen", war der allgemeine Tenor.

Ich wurde ihr auch bald als eine alte Freundin von Klaus vorgestellt. Ich erklärte ihr meine Beweggründe, die mich hierher geführt hatten. (Gesang beim Begräbnis ...) Ihr Blick wurde bei diesem Thema sofort wieder ganz traurig, und ich bereute, es angesprochen zu haben. Aber schließlich wollte ich ja auch Neues erfahren. Silvia und Martin warteten auf Ergebnisse.

Natürlich machte ich ihr Komplimente ob ihrer Stimme und ihres Gesanges, welche sie lächelnd annahm. An diesem Abend konnte ich noch nicht allzu viel in Erfahrung bringen. Sie gehörte nicht zu den Menschen, die mir gleich beim ersten Gespräch ihr Herz ausschütteten. Im Laufe der Zeit gewann sie aber Vertrauen, und ich wollte dieses nicht ausnützen. Nach einigen Wochen war es aber durchaus möglich, mir ein Bild von Klaus' und Marias Beziehung zu machen.

Die Beziehung war so unschuldig, wie Maria aussah. Sie habe gerade erst zu keimen begonnen, beschrieb sie mir. Sie trafen sich regelmäßig, um lange Spaziergänge zu machen. Maria bekochte Klaus mit raffinierten Rezepten, wobei sie ihn nach Beendigung der Mahlzeit stets nach Hause schickte, und sie führten stundenlange Telefongespräche.

„Klaus war ein wunderbarer Mensch. Er hat bestimmt nichts Unrechtes getan. Der Mord muss aufgrund eines schrecklichen Irrtums passiert sein", waren unter anderem Marias Worte. Und doch verfolgte mich das unbestimmte Gefühl, dass sie mir etwas verheimlichte. Oder anders ausgedrückt wollte sie etwas verdrängen, nicht an die Oberfläche lassen. Noch war es mir nicht gelungen, tiefer in sie einzudringen – sozusagen unter die Oberfläche zu gehen. Ich hatte auch noch nicht den Mut, ihr etwas über die Fotos von mir zu erzählen. Ich wollte ihr Bild von Klaus nicht zerstören. Sie war niemals bei ihm zu Hause. „So weit waren wir noch nicht", erkläre sie mir. Eindeutig eine Frau mit moralischen Grundsätzen.

Silvia hatte da wohl weniger Skrupel. Zumindest wenn es um das Bankgeheimnis ging. Sie recherchierte fleißig und hatte schon nach kurzer Zeit einige interessante Informationen gesammelt. Unser nächstes Treffen fand in ihrer Fünfzig-Quadratmeter-Wohnung statt. Abends, ohne Kindergeschrei. Meine beiden waren wieder einmal bei Omi, und Jan lag schon im Bett. Gemütlich bei Chips und Saft sammelten wir unsere Ergebnisse. So begann Silvia uns zu berichten. Zusammengefasst kam dabei ungefähr Folgendes heraus:

Klaus war nicht reich. Er rechnete aber anscheinend damit, es bald zu werden. Er forderte Unterlagen zum Thema Wertanlagen an, interessierte sich für Immobilien und hatte ein neues Konto eröffnet, auf dem sich aber kein Geld befand. Sein Gehalt, das er bis zwei Monate vor seinem Tod überwiesen bekam, war gut, aber nicht sensationell. Jans Waisenrente fiel dementsprechend eher bescheiden aus.

„Was habt ihr Neues herausgefunden? Ich hoffe, ihr wart auch so fleißig wie ich", wollte Silvia natürlich auch das Ergebnis unserer Recherchen wissen. Ich erzählte von Maria und meinen Eindrücken, die ich dabei gewonnen hatte. „Vielleicht komme ich noch dahinter, was sie mir verschweigt – dass da etwas ist, davon bin ich überzeugt", schloss ich meine Ausführungen.

Nun war Martin an der Reihe: „Der liebe Klaus war ein einfacher Programmierer. In seiner EDV- Firma war er der Mann fürs Detail. Ein ‚Tüftler‘, wie man bei uns so schön sagt. Wenn es kniffelig wurde, war der Klaus gefragt. Ich habe ein Angebot für einen fiktiven Auftrag eingeholt und konnte dabei einiges in Erfahrung bringen. Die haben ihn nicht gerne gehen lassen. Klaus hat seine Arbeit gut gemacht und war ein beliebter Kollege. Warum er gekündigt hat, konnten sie mir auch nicht sagen. Sie vermuteten aber, dass er vorhatte, sich selbstständig zu machen. An irgendeinem großen Projekt, das so wichtig sein könnte, jemanden aus dem Weg zu schaffen, war er bestimmt nicht beteiligt. Derartige Aufträge bekommt so eine kleine EDV-Firma gar nicht“, berichtete er. „Um so wichtiger ist es jetzt, herauszufinden, woran er zu Hause gearbeitet hat. Aber da sehe ich ein großes Problem. Selbst wenn wir irgendwie mit deiner Hilfe“ (Blick zu Silvia) „in Klaus' Wohnung kommen, hat die Polizei bestimmt alles Wichtige bereits mitgenommen, um es auszuwerten“, fuhr er fort.

Silvia blickte abwechselnd von Martin zu mir und grinste uns mit einem überlegenen Lächeln an. „Ich weiß etwas, was ihr nicht wisst – aber vor allem weiß ich etwas, wovon die Polizei nichts weiß“, meinte sie dann mit spöttischem Unterton.

Silvias Großvater hat ein altes Haus am Stadtrand, in dem er völlig allein lebt. Als Klaus und sie noch verheiratet waren, verbannte Silvia ihn mit all seinem Kram, der einfach zu viel Platz in ihrer Wohnung einnahm, in den ersten Stock dieses Hauses. Unter „Kram“ verstand sie seine Computer und jede Menge elektronische Geräte, von denen sie aber keine Ahnung hatte, worum es sich dabei handelt. Dort hatte er genug Platz, um sich auszubreiten, und ihr Großvater freute sich über den regelmäßigen Besuch. Klaus trank dann ab und zu einmal ein Bierchen mit dem alten Herrn. Nach der Trennung behielten die Herren ihr Arrangement weiterhin aufrecht.

„So nett war der Herr Inspektor Obermayr auch wieder nicht, dass ich ihm das auch noch erzählt hätte. Er hat ja auch nicht danach gefragt. Ich hielt es aber auch nicht für so wichtig. Mein Opa kriegt ja einen Herzinfarkt, wenn die ganze Meute dort aufkreuzt und sein Haus auseinandernimmt. Aber ein Besuch von uns würde ihn bestimmt freuen", schloss sie ihre Ausführungen.

Ich wäre am liebsten gleich losgefahren. Es war aber doch schon etwas spät geworden, und vorankündigen sollten wir uns auch. Wir ließen uns noch eine Pizza zustellen und den Abend mit einer netten Plauderei über andere Dinge als den Mord ausklingen.

Am darauffolgenden Wochenende luden wir uns bei Silvias Großvater ein. Wir hatten beschlossen, noch Verstärkung mitzunehmen.

Der Mann meiner Freundin Paula ist Computerfachmann. Dagobert (ja, ich weiß, ein etwas ausgefallener Name) gehört ein bisschen zu unserer Familie, wie das oft so ist bei Männern von besten Freundinnen. Gemeinsame Ausflüge, Grillnachmittage, Männer-Sauna-Treffs ... Auf jeden Fall könnte er bei der Auswertung eventueller Computerdateien sicher behilflich sein. Die arme Paula hingegen hatte Kinderdienst. Sie durfte zu ihren eigenen beiden Rackern auch noch unsere mitbetreuen. Bei dem alten Herrn mit fünf Kindern aufzukreuzen trauten wir uns doch nicht. Nur Jan fuhr mit – es handelt sich ja immerhin um seinen Uropa. Während Silvia und ich dem Opi Honig ums Maul schmierten, kümmerten sich die Männer um die Räumlichkeiten im ersten Stock.

Wir hatten Klaus unterschätzt. Geplant war, alle wichtigen Funde in den Kombi zu packen und zu uns nach Hause zu bringen. Schnell stellte sich heraus, dass wir besser einen Lastwagen organisiert hätten. Es würde Stunden brauchen, um sich überhaupt einen Überblick zu verschaffen. Jetzt war uns auch klar, warum Silvia immer von ‚Kram' sprach. Sämtliche Schränke, Tische und Stühle waren vollgeräumt mit vermutlich elektronischen Teilen, Sensoren, speziellen Waagen, Steuerungselementen und Schaltkästen, dazwischen jede Menge Rechner, Werkzeuge wie Löt-kolben und feinste Uhrmacher-Schraubenzieher usw. Wir ließen alles da, wo es war. Dagobert und Martin würden an Ort und Stelle herauszufinden versuchen, woran Klaus gearbeitet hat. Kurz überkamen uns Zweifel, ob es nicht besser wäre, doch Spezialisten der Polizei ans Werk zu lassen. Wie gesagt, nur kurz.

Ich verabschiedete mich relativ rasch, da meine Hilfe wirklich nicht vonnöten war und um Paula beim Kinderdienst zu unterstützen.

Martin kam erst spät nachts völlig erschöpft nach Hause. Beim darauffolgenden Frühstück erzählte er mir von der mühevollen Bestandsaufnahme, die aber noch zu keinem Ergebnis geführt hatte. „Da werden wir uns wohl noch einige Nächte um die Ohren schlagen müssen. Wenn ich den Dagobert nicht hätte, würde ich mich da gar nicht drüber trauen", meinte er.

Etwas anderes lag mir noch im Magen. Ich wusste, wie wichtig es war, an Berni dranzubleiben. Wahrscheinlich hatte er Einblick in Klaus' Arbeit gehabt, ihn sogar unterstützt. Seit unserem verhängnisvollen letzten Treffen hatte ich ihn weder gehört noch gesehen. Auf keinen Fall wollte ich noch einmal mit ihm allein sein. Man soll das Schicksal bekanntlich nicht herausfordern. Ich hatte Martin schon zu viele ausweichende Antworten zum Thema Berni gegeben. Aber genau er war es dann, der wieder einmal einen entscheidenden Gedanken hatte. „Hast du nicht einmal gemeint, der Berni wäre ein Fall für die Judith? Bring die beiden doch einmal zusammen." Was für eine Idee! Judith ist die dritte Hexe im Bunde (Paula, Judith und ich bezeichnen uns gerne als „die drei Hexen", wie schon erwähnt) und seit einem Jahr geschieden. Sie ist um einige Jährchen jünger als ich und ein totales Energiebündel. Hübsch, frech und humorvoll. Leider hat sie etwas Pech mit den Männern. Entweder sie sind bindungsunfähig oder gleich verheiratet. Genau wie Paula und ich hat sie zwei Kinder, die die Partnersuche nicht gerade erleichtern. Schließlich gibt's die Judith nur im Paket. Jedes zweite Wochenende sind die Kinder bei ihrem Exmann, dann hat es sich aber schon in Sachen Freizeit. Babysitter sind kostspielig und Großeltern leider nicht verfügbar.

Ich erstattete ihr also gleich am Abend einen Besuch ab, um sie in meine Pläne einzuweihen.

In regelmäßigen Abständen findet in Wels ein 30+-Clubbing statt – die ultimative Möglichkeit, sämtliche Bekannte zu treffen und von Pubertierenden verschont zu bleiben. Zufällig überschnitt sich Judiths freies Wochenende mit dem Clubbing-Termin. Wie könnte ich Judith mit Berni bekannt machen, ohne dass er schnallt, was da läuft? Bei unserem Theaterbesuch hatten sich die beiden schon einmal kurz gesehen. Ich hatte Judith von Berni erzählt. Sogar das entscheidende Detail. Ich musste mich ja irgendjemandem anvertrauen. Dafür sind Freundinnen ja schließlich da. Bei meinen Erzählungen verdrehte sie stets die Augen und meinte so was wie: „Warum krieg ich nie so einen ab. Du hast ja schon einen tollen Mann, aber ich?"

Ich musste ihr natürlich klarmachen, dass es bei ihrer Mission nicht nur ums Vergnügen gehe. Ein wenig ausquetschen sollte sie ihn schon auch. Wenn sich zufällig etwas mehr ergeben sollte, auch recht. Wir beschlossen dann, dass Ehrlichkeit immer noch am besten währt.

Mit Herzklopfen wählte ich Bernis Handynummer. Nach nur einem Klingelzeichen meldete er sich. „Schön, mal wieder von dir zu hören", begann er unser Gespräch. Nach Austausch einiger Höflichkeitsfloskeln kam ich dann auf den Punkt. „Ich möchte dir nicht länger aus dem Weg gehen. Was passiert ist, ist passiert, und ich bereue es nur zum Teil. Es wird sich trotzdem nicht wiederholen. Am Wochenende bin ich mit Freundinnen am 30+-Clubbing und würde mich freuen, dich ganz ungezwungen wiederzusehen. Was hältst du davon?" Er war sofort einverstanden.

In jener Nacht hatten wir uns in einem Ausnahmezustand befunden, und er wollte mich wirklich nicht in Schwierigkeiten bringen. Nichts würde ihn mehr freuen, als mir ohne schlechtes Gewissen gegenübertreten zu können. Ich fand seine Reaktion wirklich süß. Nur nicht wieder schwach werden. Nein, Spaß beiseite – ich war ehrlich froh, dass das endlich geklärt war.

Die Woche verging wie im Flug. Dagobert und Martin fuhren, sooft es ihre Zeit zuließ, zu Klaus' Hobbywerkstatt, und ich widmete mich ausnahmsweise wieder einmal ausschließlich Haushalt und Kindern.

Judith war etwas aufgeregt ob ihres Spionageauftrags. Nein, so dürfe sie das nicht sehen, erklärte ich ihr. „Du sollst einfach du sein und ihm den Kopf ein wenig verdrehen. Die Spannung zwischen ihm und mir muss raus, sonst können wir zu keinem offenen Gespräch finden. Sei einfach du, und wenn du ihn süß findest, flirte, was das Zeug hält", versuchte ich sie zu beruhigen.

Martin blieb bei den Jungs, und ich kleidete mich für den Abend so unauffällig wie möglich. Jeans und klassisches T-Shirt. Nur nicht sexy aussehen! Ich holte Judith mit dem Auto ab, denn im Gegensatz zu mir sollte sie ruhig ein, zwei Gläschen Prosecco trinken. Senkt bekanntlich die Hemmschwelle. Sie hatte das perfekte Outfit gewählt: figurbetont (sie kann ihre absolut herzeigen), ein wenig frech, aber keinesfalls billig. Sie trug ihr Haar kurz und strubbelig – ähnlich wie bei Silvia wirkte das aber keinesfalls burschikos. „Na dann mal los!", meinte sie und atmete noch einmal tief durch, als wir endlich einen Parkplatz gefunden hatten und aus dem Auto stiegen. So ein Treff für Über-dreißig-Jährige scheint wirklich eine Marktlücke zu sein. Im Eingangsbereich bildete sich eine Schlange, trotz stolzen zwölf Euro Eintritt.

Hoffentlich würden wir Berni in dieser Menschenmenge überhaupt treffen. Meine Angst war unbegründet. Allein durch seine Körpergröße war er schnell auszumachen. Er sah wieder einmal zum Anbeißen aus. Auch er trug Jeans und klassisches T-Shirt, aber trotzdem wirkte er sexy. Als er uns erblickte, kam er gleich auf uns zu. Wangenküsschen links und rechts, gegenseitiges Vorstellen – und schon machte sich betretenes Schweigen breit. Zwei Gläser Sekt und ein paar coole Musiknummern später wurden wir endlich lockerer, und der Abend begann Spaß zu machen. Wir trafen unheimlich viele Bekannte und standen bald in einer größeren Runde beisammen, was die Situation leichter machte. Judith schaffte es dann sogar, Berni auf die Tanzfläche zu entführen und ihn nach allen Regeln der Kunst zu umgarnen. Er schien durchaus Gefallen daran zu finden, denn die Blicke, die er mir anfangs zugeworfen hatte, wurden im Laufe der Nacht immer weniger.

Als sich schon Müdigkeit bemerkbar machte und wir zu dritt gemütlich, etwas abseits des Trubels, an der Bar saßen, kamen wir endlich auch auf Klaus zu sprechen. Judith lehnte an Bernis Arm und stellte naive Fragen, um das Thema am Laufen zu halten. „Wovon hat denn der eigentlich gelebt? In der Zeitung stand da nie was Genaueres", wollte sie zum Beispiel wissen. „Weiß ich auch nicht so genau. Er hat einmal erwähnt, an einem privaten Auftrag zu arbeiten. Dieser dürfte so viel Zeit und Energie in Anspruch genommen haben, dass er sogar gekündigt hat. Er hat sich in letzter Zeit sehr zurückgezogen, leider auch von mir. Ich mache mir schreckliche Vorwürfe deswegen. Ich hätte das nicht zulassen dürfen. Ich war so viele Jahre sein bester Freund, dann gerät er offensichtlich in Schwierigkeiten, und ich krieg das nicht einmal mit", reagierte Berni auf ihre Frage.

Wir konnten nichts darauf erwidern. Er tat uns unheimlich leid. Offensichtlich war Bernie eine Sackgasse. Er wusste nicht mehr als wir. Ich nützte die Gelegenheit dann doch noch, um ihn auf die Tatsache anzusprechen, dass Klaus' Familie von dessen Neigung zum Zocken so gar nichts ahnte. Er zuckte nur mit den Schultern und sagte: „Ich weiß doch selber nicht mehr, was ich glauben soll. Aber es muss doch irgendeinen Grund geben, warum er getötet wurde. Ich werde noch wahnsinnig deswegen. Mein bester Freund ist tot, und ich habe keine Ahnung, was er in letzter Zeit getrieben hat."

Ich wollte nur noch nach Hause. Berni schien die Ablenkung aber zu genießen, und Judith wollte auch noch gerne bleiben. Also würde Berni Judith wohl nach Hause bringen müssen – somit schien wenigstens dieser Teil unseres Plans aufzugehen.

Überschätzt

Berni und Judith hatten sich zu einem Kinobesuch verabredet. Gleich für den nächsten Tag. Da war sie noch kinderlos. Ich fand das großartig. Vielleicht hätte die ganze Sache dann wirklich einen positiven Nebeneffekt. Judith war euphorisch und ein wenig verknallt. Berni war ja nun auch wirklich ein Prachtstück von einem Mann. Wenn ich ihn jemandem vergönnte, dann Judith.

Leider konnte er uns aber keine neuen Erkenntnisse liefern. Berni hatte keine Ahnung, wer der Auftraggeber des mysteriösen privaten Auftrages gewesen sein könnte oder worum es sich dabei handelte. Klaus und er hatten zwar gemeinsame Hobbys, bastelten auch an so manchem Gerät herum, aber in beruflicher Hinsicht hatte er ihm keine Einsicht gewährt. Wir traten auf der Stelle. Martin und Dagobert kamen auch zu keinem Ergebnis. Die Computerdaten waren durch Codes geschützt, und das Chaos an elektronischen Geräten und Werkzeugen ließ einfach keine Rückschlüsse zu. So nach und nach schwanden unsere Energien und das Interesse an „unserem Fall". Martin hatte viel in der Firma zu tun, Silvia und ich trafen uns seltener, und irgendwie schien die Luft draußen zu sein. Selbst mein Interesse an Maria verlor sich mit der Zeit. Es war einfach nichts aus ihr herauszuholen. Nach den Chorproben fuhr ich lieber wieder nach

Hause, anstatt noch beim Italiener rumzuhängen und doch nichts Neues zu erfahren.

Dann jedoch überstürzten sich die Ereignisse. Was ich nun erzählen werde, sollte unser aller Leben noch einmal gehörig durcheinanderbringen. Uns wachrütteln bezüglich der Tatsache, dass wir uns in eine Welt gewagt hatten, die einfach nicht die unsere war. Mord ist ein Kapitalverbrechen, und Laien sollten ihre Nase nicht in solche stecken. Das wurde uns dann deutlich klar.

Es ergab sich, dass Dagobert allein in Klaus' Werkstatt fuhr, um einen neuen Versuch zu starten, doch noch einen Code zu knacken. Martin und ich wollten gemeinsam essen gehen, da unsere Jungs auswärts bei Freunden schiefen. Ein schöner Abend zu zweit war schon länger wieder fällig. Wir nahmen uns vor, vorher kurz bei Dagobert vorbeizuschauen.

Als wir in die Einfahrt des Hauses von Silvias Großvater fuhren, stand da schon Dagoberts Kombi. Durchs Fenster sahen wir, dass bei dem alten Herrn der Fernseher lief, und wir riefen nur kurz ein knappes Hallo bei der Tür hinein. Dann liefen wir die Stufen zur Werkstatt hinauf und versuchten, in dem Chaos Dagobert ausfindig zu machen. Er war nicht da. Wir riefen nach ihm und erhielten keine Antwort. Verwirrt gingen wir zurück in das Erdgeschoss. Vielleicht trank Dagobert ja ein Bierchen mit dem Hausbesitzer, so wie Klaus es gern gemacht hatte. Dann fanden wir sie.

Dagobert lag gleich hinter der Tür, die in die untere Wohnung führte. Ein erstickter Schrei entfuhr mir, als ich ihn da liegen sah. Ich schloss die Augen und versuchte einfach nur, nicht umzufallen. Mein Kreislauf brach völlig zusammen. Ganz anders als bei dem Fund von Klaus' Kopf konnte ich keinen klaren Gedanken fassen. Ich lehnte mich gegen die Wand und nahm wie in Trance wahr, wie Martin sich sofort um Dagobert kümmerte. Er war nicht tot. Er war niedergeschlagen worden und hatte für kurze Zeit das Bewusstsein verloren.

Schon jetzt konnte er sich wieder aufrappeln, und als ich das merkte, fing ich hysterisch zu weinen an. Martin half Dagobert auf einen Stuhl, und dann machte er sich auf die Suche nach Silvias Großvater. Dieser saß in seinem Fernsehsessel, in welchem wir ihn auch vermutet hatten. Nur war er gefesselt und geknebelt. Martin befreite ihn und rief dann die Polizei.

Als diese eintraf, hatte ich mich bereits etwas beruhigt. Was war eigentlich passiert? Herr Großschartner – so heißt Silvias Großvater – war wie üblich um diese Zeit vor dem Fernseher gesessen, als er ein Auto kommen hörte. Er vermutete Dagoberts Kommen, da der sich angekündigt hatte, um den Hauseigner nicht unnötig zu erschrecken. Als jemand die Wohnungstür öffnete, war er dementsprechend in freudiger Erwartung ob der Abwechslung, die er sich erhoffte. Wer dann an seinen Fernsehsessel herantrat, war aber nicht Dagobert. Herr Großschartner konnte nur eine vage Beschreibung des Mannes geben, der ihn dann fesselte und knebelte. Mittelgroß, dunkel und um die fünfzig Jahre alt. Der Eindringling hatte kein Wort gesprochen, aber aufgrund der auf ihn gerichteten

Waffe beschloss Silvias Großvater, sich keinesfalls zu wehren oder um Hilfe zu rufen. Dann ging der Fremde in den ersten Stock, in Klaus' Werkstatt.

Jetzt kam Dagobert ins Spiel. Er wunderte sich über das fremde Auto (Mercedes B-Klasse mit Salzburger Kennzeichen – ein Leihauto, wie sich später herausstellen sollte), das vor dem Haus parkte, und beschloss, kurz nachzufragen ob bei Herrn Großschartner alles in Ordnung sei. „Ich hatte wohl so etwas wie eine Vorahnung", erzählte er der Polizei. „Kaum hatte ich die Tür zu Lois' Wohnbereich geöffnet" – Dagobert war mit dem Hausbesitzer bereits per Du –, „hat es auch schon geknallt. Mir wurde schwarz vor den Augen, und das war's dann auch schon. Das nächste, woran ich mich erinnere, ist, dass Martin mir auf die Beine half und Julia heulend an der Wand kauerte", fuhr er seinen Bericht fort. Der Täter fühlte sich durch den Zwischenfall offensichtlich so gestört, dass er das Haus fluchtartig verließ und davonraste.

Vorerst stellten die anwesenden Polizisten noch keine Verbindung zu dem Mord an Klaus her. Sie ermittelten in Richtung Einbruch. Ich rief Silvia an, um ihr die Sache schonend beizubringen. Sie war in einer viertel Stunde da – eine Nachbarin kümmerte sich um Jan. Wir waren völlig verunsichert. Sollten wir die anwesenden Hüter des Gesetzes auf den Zusammenhang mit dem Fall Klaus hinweisen? Martin ergriff schließlich die Initiative und bat darum, Verbindung mit Inspektor Obermayr aufzunehmen. Als dieser unsere Namen hörte, kam auch er in kürzester Zeit zum Tatort.

„Kann mir irgendjemand erklären, was hier vorgeht? Habe ich es hier womöglich mit verrückten Möchtegern-Detektiven zu tun? Sie haben keine Ahnung, auf was Sie sich da eingelassen haben. Eine solche Dummheit ist mir noch selten untergekommen. Was haben Sie sich dabei gedacht?", wetterte er gleich drauf los. Wir vier – Martin, Dagobert, Silvia und ich – standen da wie begossene Pudel. Mit reumütigem Blick beteuerten wir immer wieder, wie leid uns alles tat. Wir wurden für den nächsten Tag ins Präsidium bestellt und vorerst nach Hause geschickt. Am liebsten würde er uns alle wegen Behinderung der Ermittlungen einsperren. Mit Konsequenzen hätten wir aber auf alle Fälle zu rechnen, warf er uns aber vorher noch an den Kopf.

Zum Glück schien wenigstens Silvias Großvater die Situation bestens zu verarbeiten. Endlich rührte sich mal wieder etwas in seinem Leben. Was er jetzt alles zu erzählen hatte! Sein Ausdruck war fast ein wenig schelmisch, er dachte wohl, Teil einer Inszenierung zu sein. Silvia nahm ihn zur Sicherheit mit zu ihr in die Wohnung. Wieder allein im Haus, könnte ihm ja doch noch bewusst werden, in welcher Gefahr er eigentlich geschwebt hatte.

So fuhren wir alle unserer Wege: Silvia mit Opa zu Jan, Dagobert mit Verband um den Kopf zu seiner Frau Paula und den Kindern, und Martin und mir war der Appetit auf ein romantisches Abendessen auch vergangen. Wonach hatte der Typ gesucht? Woher wusste er von Klaus' Werkstatt?

Diese Fragen wollten wir jetzt doch lieber die Polizei klären lassen. Wir hatten uns über- und die Situation, in der wir uns befanden, eindeutig unterschätzt. Jetzt war Schluss mit lustig.

Klaus war vergiftet und anschließend geköpft worden. Wie konnten wir nur auf die bescheuerte Idee kommen, im Leben dieses Mannes herumzuwühlen? Uns hätte klar sein müssen, dass wir uns damit selbst in Gefahr bringen – im Nachhinein eine logische Schlussfolgerung. Als wir mittendrin steckten, dachten wir aber, das einzig Richtige zu tun. Ich hatte richtiggehend Schiss vor Inspektor Obermayr. Wahrscheinlich hatte die Polizei längst eine heiße Spur und musste sich jetzt auch noch mit dummen Amateuren wie uns herumschlagen.

Ich schlief schlecht, und um zehn Uhr vormittags des darauffolgenden Tages saß ich wie ein Häufchen Elend im mir bereits bekannten Befragungsraum im Polizeipräsidium.

Der Chef der Ermittlungen ließ mich warten. Zermürbungstaktik, nahm ich an. Wie aus vielen Fernsehkrimis bekannt, würde man uns natürlich getrennt befragen.

Als er mit eineinhalb Stunden Verspätung endlich ins Zimmer trat, war ich schon mit den Nerven am Ende. Kein Funke Angriffslust mehr übrig. Die Taktik schien zu wirken. „Es tut mir leid, dass Sie so lang warten mussten, ich wurde leider aufgehalten", begrüßte er mich mit festem Händedruck. „Ehrlich gesagt, hätte ich Sie lieber unter anderen Umständen

wiedergesehen", meinte er zum Einstieg des Gesprä-
ches. Eine neue Taktik? Vertrauen aufbauen? Ich war
zwar verwirrt, aber froh, nicht gleich wieder angeb-
rüllt zu werden. „Am besten erzählen Sie einfach frei
von der Leber weg. Alles, wovon Sie glauben, dass es
für mich wichtig sein könnte. Ich werde ihren Bericht
natürlich mitschneiden und auch Zwischenfragen stellen, wenn es Ihnen recht ist." Oh, was für sanfte Töne!
Bereitwillig begann ich daraufhin meine Berichterstattung.

Ich erzählte von Berni (nicht jede Einzelheit, versteht sich), von Silvias Anruf, von meinen Eindrücken
Maria betreffend, von Klaus' geheimer Werkstatt und
schließlich auch davon, dass eigentlich er, Inspektor
Obermayr, mit schuld daran sei, dass wir uns als Hob-
bydetektive betätigt hatten. Von meiner eigenen Cou-
rage überrascht, schilderte ich auch, wie gedemütigt
Silvia und ich uns nach unserer letzten Befragung
gefühlt hatten. „Wir mussten irgendetwas tun. Uns
erschien es einfach logisch, mehr darüber herausfinden zu wollen, was unser Leben derart durcheinan-
dergebracht hatte", schloss ich meinen Bericht ab.

Mein Gegenüber schaffte es, mich ein zweites Mal
zu überraschen. Er nickte und wirkte dabei fast ein
wenig verständnisvoll. „Sie hätten uns mit diesen Informationen sicher sehr geholfen. Ehrlich gesagt, stecken wir mit unseren Ermittlungen ziemlich fest. Jeder Hinweis kann uns weiterhelfen. Schade, dass Sie
mich nicht früher über Ihre Erkenntnisse informiert
haben. Dann wären wir vielleicht schon einen Schritt
weiter." Er sah mir bei diesen Worten tief in die Augen. Ich konnte es einfach nicht fassen: Woher diese
Wandlung? „Natürlich kann ich Ihr Verhalten nicht

gutheißen. Sie haben sich, Ihre Familie und Ihre Freunde in Gefahr gebracht. Die Sache hätte durchaus schlimm ausgehen können. Ich setze voraus, dass Sie etwas daraus gelernt haben und ab jetzt mit uns zusammenarbeiten werden." Dieser Nachsatz beruhigte mich fast schon ein wenig. Sonst wäre mir die Situation noch unheimlich geworden.

Ich schwor hoch und heilig, ab nun die Finger von der Sache zu lassen. Sollte ich durch Zufall an neue Informationen gelangen, würde ich nicht eine Sekunde zögern, sie ihm mitzuteilen. Ich war sozusagen windelweich.

Den anderen, Silvia, Martin und Dagobert, war es ähnlich ergangen. Auch sie wurden lang befragt, aber durchaus höflich behandelt. Natürlich nahm sich die Polizei nun Klaus' „Geheimwerkstatt" vor. Das war die Neuigkeit, von der sie sich neue Erkenntnisse erhofften. Klaus' finanzielle Situation kannten sie ohnedies bestens, und das Interesse an Maria hielt sich eher in Grenzen. Wahrscheinlich würde sie sich aber auch einer Befragung unterziehen müssen.

Zu den Fotos gab es längst Ergebnisse. Sie wurden mit einer Spezialkamera aufgenommen, wie sie hauptsächlich von Profifotografen oder Paparazzi verwendet wird – kein Gerät, wie es sich ein kleiner EDV-Techniker leisten würde. Mit halbwegs gutem Printer ist es ja längst ein Kinderspiel, Fotos zu Hause auszudrucken. Druckproben ergaben jedoch, dass es sich dabei nicht um Klaus' Gerät gehandelt hatte.

Ich bekam die Fotos zur Verfügung gestellt, um herauszufinden, wann und wo sie aufgenommen worden waren. Das wäre doch wirklich auch schon früher möglich gewesen. Aber immerhin schlossen sie uns nicht mehr völlig aus den Ermittlungen aus. Wir erfuhren sogar, mit welchem Gift Klaus getötet worden war. *Botulinumtoxin!* Okay, noch nie etwas davon gehört, aber an so ein Gift kommt nicht jeder ran. *Botulinumtoxin* blockiert die Übertragung von Nervenimpulsen an Muskelzellen. Muskeln, Drüsen und auch Organe versagen den Dienst. Schon eine geringe Dosis führt zum Tod. Es wirkt aber auch an Schweiß- und Speicheldrüsen und hat etwas mit dem berühmten Botox gegen Falten zu tun. Auf jeden Fall wird es vor allem von Ärzten eingesetzt, in stark verdünnter Form, versteht sich. Der Mörder war also eher so was wie ein Profi – keine Exfrau, Chorsängerin, Theaterkollege oder Ähnliches. Die Polizei hatte mich und Silvia längst von ihrer Verdächtigenliste gestrichen.

Mit den Fotos in der Tasche trat ich am Nachmittag den Heimweg an. Meine Mutter hütete indessen Kinder, Hund und Haus. Sie war heilfroh, als sie sah, wie entspannt ich nach Hause kam. Ich bereitete uns eine Tasse Kaffee und erzählte ihr, wie alles gelaufen war. „Du brauchst dir keine Sorgen mehr zu machen. Alles ist gut", beruhigte ich sie noch zusätzlich.

Gemeinsam versuchten wir dann herauszufinden, wann und wo die Fotos aus Klaus' Wohnung aufgenommen worden waren. Jetzt, wo ich genug Zeit und Ruhe hatte, war es gar nicht mehr so schwierig. Meine Mutter hat einen guten Blick für Frisur, Mode und Ähnliches und half mir wirklich sehr, die Bilder annähernd zeitlich zuzuordnen. „Das muss kurz nach deinem Geburtstag gewesen sein, da hast du dir diese Strähnchen machen lassen." Oder: „Die Kette hast du doch aus deinem Urlaub mitgebracht." Diese und weitere Beobachtungen grenzten die Zeit, in der die Aufnahmen gemacht wurden, auf rund zwei Monate ein. Alle Fotos waren mit ziemlicher Sicherheit im Mai und Juni aufgenommen worden. Inzwischen hatten wir November. Der Mord wurde Mitte September verübt. Ein neuer Gedanke drängte sich immer mehr auf. War es gar nicht Klaus, der diese Bilder geschossen hatte? Wurden sie nur gemacht, um eine falsche Fährte zu legen? Vielleicht hatte ich Klaus die ganze Zeit Unrecht getan.

Silvia und ich trafen uns gleich am nächsten Vormittag. Nicht um weitere Pläne zu schmieden, sondern einfach um zu reden. Sie hatte bei Inspektor Obermayr noch etwas mehr Kampfgeist gezeigt, war nicht ganz so eingeschüchtert zur Befragung erschienen wie ich. Er nahm es ihr durchaus übel, dass sie nicht von der Werkstatt im Haus ihres Großvaters erzählt hatte. „Ich wurde nicht danach gefragt", beharrte sie selbst jetzt noch auf ihrem Standpunkt. Sie war sich keiner Schuld bewusst. Ich konnte sie dennoch davon überzeugen, ab jetzt keine Alleingänge mehr zu unternehmen. „Wenn dir noch irgendetwas einfällt, sag es der Polizei. Martin und ich sind auf jeden Fall raus aus der Sache. Das wird uns endgültig zu heiß. Wir haben alle eine Familie, an die wir denken müssen. Wenn du in Versuchung kommst, denk einfach an Jan. Du wirst sehen, dann fällt es dir gleich leichter, dich rauszuhalten", gab ich ihr noch einen Tipp mit auf den Nachhauseweg.

Dagobert hatte noch einen leichten Brummschädel, ansonsten aber alles gut überstanden. Paula war etwas sauer, dass wir ihn da mit reingezogen hatten. Nicht auszudenken, was hätte passieren können! Den Schlag etwas weiter ausgeholt oder an einer empfindlicheren Stelle getroffen ... Es fehlte nicht viel, und wir hätten Paula den Mann und den Kindern ihren Vater genommen. Aber zum Glück war ja alles noch mal gut gegangen.

Man soll den Tag nicht vor dem Abend loben

Wilma und ich machten uns wieder einmal auf, um unsere tägliche Runde zu absolvieren. Immer seltener dachte ich dabei an meinen Leichenfund. Nur wenn Wilma ohne Vorwarnung plötzlich an der Leine riss, bekam ich noch manchmal Herzklopfen. Es war wieder ein Mittwochvormittag, und ich entschied mich bewusst für eine andere Strecke – meine alte Mittwochsrunde hatte ich aus dem Programm genommen.

In Gedanken versunken, marschierten wir so vor uns hin, als uns zwei Männer entgegenkamen. So ohne Hund wirkten sie völlig fehl am Platz. Zwei Männer gehen nicht einfach so spazieren. Auch ihr Äußeres bewirkte, dass bei mir alle Alarmglocken läuteten. Lederjacke, Sonnenbrille, wie aus einem Agentenfilm.

Wo kamen die plötzlich her? Als hätten sie irgendwo regelrecht auf mich gelauert. „Ganz cool bleiben", sagte ich zu mir selbst und hielt Wilmas Leine ganz kurz. Jeder meiner Schritte dröhnte in meinem Kopf, ich fing zu schwitzen an, und je näher sie kamen, um so panischer wurde ich. Warum drehte ich nicht einfach um und lief davon? Was hinderte mich daran? Ich weiß es bis heute nicht. Aber aus irgendeinem unerklärlichen Grund musste ich geradeaus weitergehen, direkt in mein Verderben, wie mir schien.

Sie stellten sich mir in den Weg und zwangen mich somit, stehen zu bleiben. „Wir denken, Sie haben etwas, das wir gerne hätten", sagte der Größere von den beiden.

„Ich weiß wirklich nicht, was Sie meinen. Sie müssen mich verwechseln", presste ich hervor. Sollte man Angst wirklich riechen können, dann stank ich wohl meilenweit. Wilma wollte weiter, neugierig, wie sie von Natur aus ist, näher an die beiden Fremden heran. Ich hielt sie zurück und sagte dann etwas, was ich noch bereuen sollte.

„Lassen Sie mich weitergehen, sonst lasse ich den Hund los. Er ist als Schutzhund abgerichtet", log ich. Das schien die Herren nur wenig zu beeindrucken, denn ihre Reaktion darauf war mehr als eindeutig. Der Kleinere griff in seine Innentasche und ließ seine Hand dort verweilen, und der Größere meinte lächelnd: „Dann muss mein Partner ihn wohl erschießen." Ich erkannte einen leichten Akzent, konnte ihn aber nicht zuordnen.

Meine grauen Zellen begannen zu rattern – was konnte ich tun, um Wilmas und mein Leben zu retten? „Ich hänge den Hund dort an den Baum, wenn es Ihnen recht ist", versuchte ich mein Glück. Mit einer fahrigen Handbewegung gab mir der Kleinere – er unterschied sich auch noch durch ein feines Bärtchen von seinem Partner – zu verstehen, dass ich das wohl besser tun sollte. Mit zitternden Händen band ich Wilmas Leine an den nächsten Baum und gab ihr den Befehl zum Ablegen. „Bitte, lieber Gott, mach, dass sie einmal gehorcht", schickte ich ein Stoßgebet Richtung

Himmel. Mit einem leisen Winseln ging sie in Platz-Position. „Bleib!", lautete meine nächste Anweisung.

„Geht doch! Und nun kommt die kleine Lady mit uns mit." Mit einem feindseligen Grinsen gaben mir die beiden dunklen Gesellen zu verstehen, dass ich ihnen nun folgen sollte.

Keine hundert Meter entfernt stand ein silberner Wagen am Wegrand geparkt. Irgendein Nullachtfünf-zehn-Auto. Absolut unauffällig. Ich glaubte ein Renault-Zeichen zu erkennen. Sie öffneten mir die hinte-re Fahrzeugtür, und ich stieg mir wackeligen Beinen ein. „Handy!", fuhr mich der mit dem kleinen Bärtchen an. Nachdem ich es ihm ausgehändigt hatte, ging's in derselben Tonart weiter: „Leg dich hin und mach kei-nen Mucks!" Ich hörte, wie meine treue Hündin ver-zweifelt zu bellen begann.

Als sich der Wagen in Bewegung setzte, musste ich an eine Fernsehsendung aus meiner Kindheit denken: „Aktenzeichen XY ungelöst". Es gibt sie zwar immer noch, ich sehe sie mir aber nicht mehr an. Ich hörte den Moderator (wie hieß er noch gleich?) folgende Wor-te sagen: „Die Frau musste in einen silbernes Auto steigen, das sie als Renault identifizierte. Da sie den Transport liegend über sich ergehen lassen musste, war es ihr leider nicht möglich, Angaben zum Zielort zu machen." Offensichtlich glaubte ich noch daran, zu überleben, gab ich doch Hinweise zur Täterfindung in dieser Fahndungssendung. (Eduard Zimmermann war sein Name, jetzt weiß ich es wieder.) Wie konnte ich nur derart bescheuerten Gedanken nachhängen, während mein Leben an einem seidenen Faden hing! Wirklich unglaublich.

Viele Kurven später, ruhige und holprige Straßen manchmal langsam, meistens schnell gefahren, erreichten wir unser Ziel. Ich hatte vergessen, bei der Abfahrt auf die Uhr zu schauen, aber es waren wohl so ungefähr zwei Stunden Fahrt. In zwei Stunden kommt man von Wels nach Wien, aber auch nach Deutschland oder Tschechien. Ein Grenzübergang wäre für diese Männer bestimmt kein unüberwindbares Problem. Kein Mensch kann nachvollziehen, was für Dinge einem so durch den Kopf gehen, wenn man nicht weiß, ob man seine Familie je wiedersehen wird. Die Gedanken dieser zwei Stunden würden wohl ein eigenes Buch füllen.

In einer Tiefgarage hießen sie mich aussteigen. Mit einem Fahrstuhl ging es fünf Stockwerke nach oben. Ich war wohl in ein Hotel oder ein Appartementhaus gebracht worden. Eine Tür reihte sich an die andere. Jede war mit einer Nummer versehen. Fünfhundertzwölf stand auf der, in die ich dann geschoben wurde. Diese Zahl werde ich niemals vergessen. „Am besten einfach ruhig verhalten", wurde ich angewiesen und durfte mich auf ein geblümtes Sofa setzen. Der Kleinere blieb bei mir, setzte sich an einen Schreibtisch, auf dem ein Laptop stand, und begann darauf herumzutippen. Da saß ich dann und harrte der Dinge, die da kommen würden. Noch lebte ich. Sie wollten irgendetwas von mir, ich hatte aber nichts. Das machte mir ernsthafte Sorgen. Würden sie mir glauben?

Ich wagte kaum, mich zu bewegen, verspürte aber nach einer halben Stunde ein unaufschiebbares menschliches Bedürfnis. Mit gebrochener Stimme bat ich meinen Aufpasser schließlich doch, die Toilette aufsuchen zu dürfen. Sein Blick blieb weiter auf den Bildschirm gerichtet, aber er antwortete: „Tür offen lassen!" Na toll. Ich habe schon Probleme zu pinkeln, wenn sich mein Mann im selben Raum befindet. Es kostete mir eine unheimliche Überwindung, mich in dem kleinen Badezimmer zu erleichtern. Schon mal versucht, leise zu pinkeln? Mit hochrotem Kopf nahm ich dann wieder meinen Platz auf dem blumigen Sofa ein. Mein Entführer grinste saublöd – ich hoffte inständig, dass mein Darm nicht auch noch nach Entleerung drängte.

Nach wie vor hatte ich nicht die geringste Ahnung, wo ich mich befand. Die ebenfalls geblümten Vorhänge waren zugezogen, und kein Geräusch drang durch die Fenster in die kleine Garconnière.

Zu Hause hatte man inzwischen mein Verschwinden bemerkt. Auch nach zehn Jahren Ehe hat Martin sich nicht abgewöhnt, mich täglich am Vormittag kurz anzurufen. Da er häufig schon aus dem Haus ist, wenn die Kinder und ich noch schlafen, ist dieser Anruf zu einer schönen Gewohnheit geworden. Er versuchte es am Handy: ausgeschaltet. Er wählte die Festnetznummer: niemand hob ab. Auf dem Weg zu einem Termin, beschloss er, kurz zu Hause vorbeizuschauen. Verwundert stellte er fest, dass weder ich noch der Hund dort anzutreffen waren. Vor allem das Fehlen von Wilma irritierte ihn. Nach ihrem vormittäglichen Spaziergang machte sie stets ein Nickerchen. Niemals nahm ich sie zum Shoppen oder zu Freundinnen mit.

Das alles hätte ihn wahrscheinlich nicht verunsichert, wäre nicht erst vor wenigen Tagen die Sache mit Dagobert passiert. Die Angst kroch an ihm hoch, er beschloss, sich sofort an die Polizei zu wenden. Um nicht als hysterisch hingestellt zu werden („Meine Frau ist seit drei Stunden verschwunden ..."), wandte er sich direkt an Inspektor Obermayr.

„Rufen Sie alle Freunde durch, fragen Sie im Tierheim und bei Ihrem Tierarzt nach. Ich kümmere mich um die Krankenhäuser. Sollten wir beide nichts erreichen, leite ich eine Fahndung ein." Martin wurde also durchaus ernst genommen.

Inzwischen hatte sich auch bei mir etwas getan. Das Handy meines Bewachers hatte geläutet. Er hob ab, nickte und beendete das Gespräch mit einem „Alles klar." Dann stand er auf, drehte sich zu mir um und sah mich schweigend an. Mit rasendem Herzen verfolgte ich jede seiner Bewegungen. Ich rechnete jeden Augenblick damit, dass er eine Waffe aus der Innenseite seiner Lederjacke zog und damit auf mich zielen würde. Aber plötzlich klopfte es leise an der Tür, worauf er sich wieder von mir abwandte, um diese zu öffnen.

Maria betrat den Raum. Mir blieb der Mund offen — ich hatte nicht die geringste Ahnung, wie ich reagieren sollte. Was war ihre Rolle hier? War auch sie entführt worden? Warum konnte sie sich dann frei bewegen? Die Gedanken überschlugen sich. Ich fand einfach keine Erklärung.

Maria kam lächelnd auf mich zu und setzte sich mir gegenüber auf den Schreibtischsessel, den sie vor mich hinstellte. Ich hatte noch immer kein Wort über die Lippen gebracht. Schließlich presste ich ein „Maria?" heraus. „Hallo Julia, ich bin hier, um dir zu helfen."

Marias Akzent war mir schon früher aufgefallen, aber erst jetzt hatte er plötzlich Bedeutung erlangt. Offensichtlich hatten meine Entführer und sie dasselbe Heimatland. Meine Gedanken konnten und wollten sich nicht ordnen. Ich wollte nicht wahrhaben, was doch so offensichtlich war. Maria gehörte zu den Bösen. War wohl nicht nur eine Kleinigkeit, die sie mir verschwiegen hatte. Sie war der Schlüssel, die Lösung, und gleich würde ich erfahren, welche Rolle sie in der ganzen Geschichte spielte.

„Du bist eine sympathische Frau, ich mag dich. Tu mir einen Gefallen, und arbeite mit uns zusammen. Klaus mochte ich auch. Du verstehst, was ich meine. Du bist bestimmt vernünftiger als er", meinte sie mit einem aufgesetzten Lächeln.

Wie konnte ich mich nur so irren! Als Engel habe ich sie bezeichnet. Fasziniert von ihrer Ausstrahlung, habe ich sie fast bewundert.

„Maria, ich habe nichts, und ich weiß auch nichts. Das sage ich nicht nur so. Mir ist der Ernst meiner Lage durchaus bewusst. Ich mache keine Spielchen mehr. Ich will nur nach Hause."

Bei den Worten stiegen mir die Tränen in die Augen. Ich war kurz vor dem Zusammenbruch.

Maria sah mich eine Zeit lang an, dann sagte sie: „Wenn das wahr ist, dann stehen deine Chancen eher schlecht. Du solltest dir die erforderlichen Informationen besser beschaffen. Ich werde dir jetzt die ganze Geschichte erzählen, dich in die Details einweihen. Mit einem Telefon, das nicht zurückverfolgt werden kann, hast du dann die Möglichkeit, uns die nötigen Informationen zu besorgen."

Eine Hundebesitzerin, der ich hin und wieder begegne und mit der ich dann meist ein paar Worte wechsle, hat Wilma entdeckt und erkannt. Das Bellen hatte sie längst aufgegeben. Sie hatte sich in ihre Leine verwickelt und winselte vor sich hin. Die Frau rief die Tierrettung, und diese befreite Wilma aus ihrer misslichen Lage. Wilma ging mit – froh, abgeholt zu werden. Die Finderin hatte keine Ahnung, wie ich heiße, sie wusste nur den Namen unseres Hundes. Auch ich kenne kaum die Namen anderer Hundebesitzer. Da gibt es nur das „Cora-Frauli" oder das „Diggi-Herrli". Bei Wilmas Retterin handelte es sich ums „Burli-Frauli". Wie ich inzwischen weiß, heißt sie Frau Schuster, und ich bin ihr sehr dankbar. Wilma ist gechipt, und daher war es einfach, mich als Besitzer ausfindig zu machen. Im Chip ist unsere Festnetznummer gespeichert, Martin telefoniert mit seinem Handy – zum Glück, so blieb er übers Festnetz erreichbar. Nachdem Martin die Polizei über Wilmas Auftauchen informiert hatte, ging die Großfahndung raus.

Ich saß währenddessen immer noch auf meinem Sofa und kam aus dem Staunen nicht heraus. Endlich erfuhr ich die Wahrheit.

Angefangen hatte alles mit einem kleinen Auftrag, den Klaus in seiner Firma übernahm. Das Sicherheitssystem eines größeren Unternehmens gehörte gewartet. In letzter Zeit gab es ständig Probleme – Zutrittsberechtigten wurde der Eintritt verweigert. Viele EDV-Techniker hatten sich schon daran versucht und waren gescheitert. Bis der Auftrag in Klaus' Hände gelangte. In die Hände des Tüftlers. Er konnte das Problem schnell lösen.

Von da an wurden hochwertige Sicherheitssysteme zu seinem Steckenpferd. Genauer beschäftigte er sich mit Zutrittskontrolle über vernetzte Systeme (alles wird direkt über den Computer verwaltet), gekoppelt mit besonders ausgefeilten Kontrollmechanismen, wie wir sie aus James-Bond-Filmen kennen, Fingerprint-System-Scanner bis hin zu Netzhautscannern. Er war mit großen Sicherheitsfirmen in Kontakt getreten, war in entsprechenden Internetforen vertreten und investierte sein ganzes Geld und seine Freizeit in dieses Projekt. Immer an seiner Seite: Berni. Der beiden Ziel war es, ein perfektes Zutrittskontrollsystem zu entwickeln. Das erforderliche Know-how kam von Klaus, Berni unterstützte ihn, wo er konnte. Natürlich war Klaus mit seinem Produkt einer von vielen, aber irgendwie hatte er es geschafft, ein sehr häufig auftretendes Problem bei diesen Systemen besser in den Griff zu bekommen als die meisten anderen Anbieter. Seine Chancen, dieses Wissen um viel Geld an den Mann zu bringen, standen wirklich nicht schlecht. Inklusive Installation und Wartung hätte er wahrscheinlich für lange Zeit ausgesorgt gehabt. Da kam nun Maria ins Spiel.

„Klaus war drauf und dran, mich in große Schwierigkeiten zu bringen. Ich war für ein bedeutendes Unternehmen tätig, in dem ich Einblicke in die Geschäftsführung erlangte, die für gewisse Leute von großem Interesse waren. Das dilettantische Sicherheitssystem dieses Unternehmens ermöglichte es mir, diese Leute mit wichtigen Informationen zu versorgen. Das neue Sicherheitssystem, das Klaus anbot, wäre für sie und mich eine Katastrophe gewesen. So machten meine Freunde ihm ein wirklich faires Angebot: Er sollte sein Programm nicht an meine Firma, sondern an sie verkaufen. Vorerst schien es auch, als würde Klaus keine Probleme machen. Vielleicht waren sie etwas zu deutlich darin, wie wichtig ihnen der Kauf war. Klaus stellte auf jeden Fall eine absolut indiskutable Forderung. So war ich gezwungen, mich ein wenig über sein Privatleben zu informieren. Hier kam ich dann auch persönlich zum Einsatz. Jeden Montag zwei Stunden Autofahrt zur Chorprobe. Er war sehr einsam, das sollte meine Aufgabe erheblich erleichtern.“

Marias Berichterstattung wurde durch heftiges Klopfen an der Tür unterbrochen. Der Große trat in das Zimmer und begann mit Maria in, wie ich vermutete, Tschechisch zu sprechen. Ihre Blicke waren ernst, ihre Mimik und Gestik verhießen nichts Gutes. Offensichtlich gab es Probleme. Beide wirkten sehr aufgewühlt und verunsichert.

„Los, komm mit!“, fuhr mich Maria an. Sofort sprang ich auf, um ihnen zu folgen. Mir war alles recht, musste ich nur nicht länger hier sitzen und auf mein Ende warten.

Mit dem Lift wieder abwärts, zurück ins Auto, hinlegen, und schon ging die Fahrt los. Maria saß neben mir auf der Rückbank, die beiden Typen vorn.

Zuerst machte mir die Veränderung der Situation Mut, aber so nach und nach kamen mir auch Furcht einflößende Gedanken. Im Hotelzimmer hätten sie mich wahrscheinlich nicht getötet. War jetzt der Zeitpunkt gekommen, um in Klaus' Fußstapfen zu treten? Gab es auch für mich einen Feldweg, der vorgesehen war, um meine Leiche abzulegen?

„Maria? Was habt ihr vor?", wagte ich meine Stimme zu erheben.

„Wir müssen uns nur eine andere Bleibe suchen. Der Platz ist uns zu heiß geworden. Keine Angst, noch hast du nicht verspielt", ließ sie sich zu einer Erklärung herab.

Nach wieder gut einer Stunde Fahrt nahm Maria ihren Seidenschal ab und wies mich an, mir mit diesem die Augen zu verbinden. Es war ohnedies inzwischen dunkel geworden, aber sie wollten wohl kein Risiko eingehen. Ich hörte, wie sich ein Garagentor öffnete, dann wurde ich unsanft aus dem Auto gezerrt, und ich verlor trotz voller Konzentration die Orientierung. Links, rechts, ein paar Treppen, um die Kurve, und dann hatte ich das Gefühl, nicht mehr zu wissen, wo oben und unten ist. Wie wenn man beim Blinde-Kuh-Spielen gedreht wird.

„Setz dich." Ich erkannte die Stimme des Bartträgers. Da saß ich dann und wagte nicht, den Schal von den Augen zu nehmen. Eine Tür schlug zu, Schritte entfernten sich, Stimmen klangen fern.

Ich weiß nicht, wie lange ich so dasaß, aber irgendwann beschloss ich, mich von der Augenbinde zu befreien. Zuerst schob ich sie nur vorsichtig ein wenig hoch, um mich zu vergewissern, dass ich wirklich allein war. Ich war allein. Das Zimmer, in dem ich mich nun befand, war sehr klein. Es machte den Eindruck eines Jugendzimmers. Poster hingen an der Wand. (Ich erkannte die Personen darauf nicht.)

Die Bücher in einem schmalen Regal waren nicht in deutscher Sprache, aber die Abbildungen darauf ließen auf Kinderliteratur schließen. Das Bett, auf dem ich saß, war mit Zierkissen und einem großen Teddybären geschmückt. Ich musste wieder auf die Toilette. Ich hatte Hunger, und die Anspannung der letzten Stunden hatte mich völlig erschöpft.

Leise stand ich auf und begann im Raum herumzugehen und mich genauer umzusehen. Eine Stehlampe in der Ecke des Raumes gab ein grelles Licht. Ich konnte beim Blick aus dem einzigen Fenster nichts erkennen, es war einfach nur dunkel draußen. Auf jeden Fall war da keine Straßenbeleuchtung, und es fuhren auch keine Autos vorbei. Das Fenster schien in Richtung eines Gartens zu zeigen. Ich glaubte die Bewegung von Bäumen wahrzunehmen. Sollte ich es wagen, das Licht auszuschalten? Nur ganz kurz? Ich war mir nicht sicher, ob die Tür hinter mir auch zugesperrt worden war. Ich konnte mich nicht an ein entsprechendes Geräusch erinnern. Was, wenn vor der Tür eine Wache saß, die sofort bemerkte, dass kein Lichtschein mehr unter der Tür durchschien? Zu riskant. Mit der Decke, die sich auf dem Bett befand, bildete ich eine Art Zelt über mir, um das Licht abzuschirmen. Dann presste ich die Nase gegen die Scheibe und schützte mit den Händen so gut es ging meine Augen. Ja, da draußen war ein Garten. Ich konnte Bäume, eine Wiese und sogar einen Weg erkennen. Im nächsten Augenblick beschloss ich zu handeln. Ich hatte gehandelt, als ich es nicht hätte tun sollen (als ich mich in den Fall Klaus einmischte), und ich hatte nicht gehandelt, als ich es hätte tun sollen (davonlaufen und schreien, als ich die Entführer kommen sah). Sollte meine Entscheidung wieder falsch sein? Risiko!

Maria und ihre Helfer waren gestört worden – irgendetwas hatte sie dazu gebracht, ihre Zelte abzubrechen, und ich hoffte, dass meine Wenigkeit zum momentanen Zeitpunkt nicht mehr erste Priorität genoss.

So leise wie nur irgend möglich bewegte ich den Fenstergriff in die Position, die ich für die richtige hielt, um das Fenster zu entriegeln. Vorsichtig entfernte ich noch ein paar Ziergegenstände, die Gefahr liefen, bei Öffnen zu fallen. Zentimeter um Zentimeter zog ich das Fenster auf. Kalte Luft fuhr mir ins Gesicht, und mir wurde bewusst, dass ich keine Jacke anhatte. Diese war im vorigen Zimmer auf der geblümten Couch liegen geblieben. Bei dem überstürzten Aufbruch hatte ich sie völlig vergessen. War es schon so kalt, dass man nachts erfrieren konnte? Was, wenn weit und breit kein Haus war, bei dem ich um Hilfe bitten konnte? Dann kam mir eine Idee. Ich riskierte noch eine Minute, um in den Kleiderschrank zu schauen, der sich ebenfalls im Raum befand. Hoffentlich war das Schicksal auf meiner Seite! Auf Zehenspitzen schlich ich noch einmal durchs Zimmer (so klein war es jetzt gar nicht mehr – der Weg von einem Ende zum anderen schien weit). Auch der Schrank ließ sich, wie schon das Fenster, leise öffnen. Zwar befand sich keine Jacke darin, aber einen dicken Stickpullover fand ich auf Anhieb. Ein Blick zum Himmel – ein Dankeschön war angebracht. So schnell ich konnte, zog ich den Pulli (auch noch schön groß und weit) über und kletterte aus dem Fenster. Der Sprung in die Tiefe war gerade mal einen geschätzten Meter. Dann lief ich los. Ich war mir nicht einmal sicher, in welchem Land ich war, geschweige denn, in welcher Richtung sich bewohntes Gebiet befand.

Zu Hause wurden bereits erste Spuren ausgewertet. Einem aufmerksamen Bauern war das Auto am Wegrand aufgefallen (die Polizei hatte alle Personen in den umliegenden Häusern und Bauernhöfen befragt). Er kannte sich etwas besser mit Autos aus als ich und konnte eine genaue Beschreibung geben. Sogar Teile des Kennzeichens hatte er sich gemerkt. Es handelte sich wieder um einen Leihwagen wie schon bei dem Überfall auf Silvias Großvater. Dieses Mal konnte sich der Mitarbeiter der Leihwagenfirma aber noch ziemlich genau an die Kunden erinnern. Wie auch mir kam ihm der Vergleich mit Agenten in den Sinn, und er machte sich bei Kollegen noch lustig über das Auftreten der Kundschaft. Auch der Akzent war ihm noch in Erinnerung – für ihn eindeutig tschechisch.

Die Polizei war auch sonst nicht untätig gewesen. Längst hatten sie sich Maria genauer angeschaut – ihre tschechische Staatsangehörigkeit gewann damit natürlich an Bedeutung. Nicht nur nach mir wurde gefahndet – ab diesem Zeitpunkt auch nach Maria. Somit war auch die Panik, die sich bei meinen Entführern breitmachte, klar. Nur das wusste ich zu diesem Zeitpunkt natürlich nicht.

Auf der Flucht

Ich lief und lief, der Wollpullover wurde mir schon nach wenigen Minuten viel zu warm, und ich zog ihn aus, band ihn aber um meine Hüften. Ich befand mich wohl am „Arsch der Welt", wie man so schön sagt. Da war nichts. Zum Glück war die Nacht relativ klar, so dass mir der Mond ein wenig Licht schenkte. So konnte ich den Weg erkennen, von dem ich keinesfalls abkommen wollte. Anderseits wäre es meinen eventuellen Verfolgern so ein Leichtes, mich wieder einzufangen. Ich nahm mir also vor, im Falle, dass ein Auto von hinten kommen würde, mich sofort zu verstecken. Keinesfalls würde ich ein Auto aufhalten und um Hilfe bitten. Ich musste ein beleuchtetes Haus finden. Schon bald war ich völlig außer Atem und konnte nicht mehr laufen. Ich hatte keinen Rhythmus gefunden. Es macht doch einen riesigen Unterschied, ob man joggen geht oder um sein Leben läuft. Ich war gezwungen, mein Tempo erheblich zu reduzieren und mit starkem Seitenstechen langsam weiterzugehen. Ich hatte den ganzen Tag nichts gegessen und vor allem nichts getrunken. Trotzdem musste ich mich mal in die Büsche schlagen, um wenigstens den Druck von der Blase zu nehmen. Mein Mund war völlig ausgetrocknet, und ich war wieder kurz davor, loszuheulen. Da sah ich endlich Licht. Keine Siedlung, wie ich sie mir erhofft hatte, aber immerhin ein beleuchtetes Haus. Völlig allein, ohne Nachbarn, stand es bald vor mir. Viel wohler war mir noch nicht. Ich konnte die

Sprache dieser Menschen nicht, und ein weiteres Risiko wurde mir bewusst.

Maria und ihre Begleiter kannten sich hier in der Gegend bestimmt bestens aus und konnten sich leicht ausrechnen, wo ich bei meiner Flucht landen würde. Wie also sollte ich mich entscheiden? Wieder volles Risiko? Mein Bauchgefühl riet mir, erst einmal abzuwarten. Weder war ich am Verdursten oder Verhungern, noch fror ich. Ich wartete, bis mein Atem sich wieder etwas beruhigt hatte, zog mich wieder warm an und versuchte dann, zu einer vernünftigen Entscheidung zu kommen. Nach dem Abwägen aller Für und Wider beschloss ich, weiterzugehen. Ich wollte aber notfalls zu diesem Haus zurückfinden. Ab jetzt wählte ich jeden Schritt ganz bewusst und prägte mir den zurückgelegen Weg genau ein.

Als Martin nach mir suchte, rief er natürlich auch meine Freundinnen an. Als Judith hörte, dass ich verschwunden war, fuhr sie nach der Schule (sie ist Lehrerin) direkt zu Berni. Sie ging einfach in sein Büro, stellte sich vor seinen Schreibtisch und stellte ihn vor seiner gesamten Kollegenschaft zur Rede. (Judith war mit Berni in Kontakt geblieben und kannte seinen Arbeitsplatz.) „Wenn du irgendetwas weißt, ist jetzt der Zeitpunkt gekommen, den Mund aufzumachen. Meine beste Freundin ist verschwunden – wenn ihr etwas zugestoßen ist, dreh ich durch."

Ich weiß das alles natürlich nur aus zweiter Hand, aber ich kenne Judith. Sie kann sehr überzeugend sein mit ihren einen Meter siebenundfünfzig. Auf jeden Fall stand Berni auf, holte seine Jacke, nahm sie an der Hand und verließ mit ihr, ohne ein Wort gesprochen zu haben, das Büro. In den entscheidenden Momenten ist er wahrhaftig kein Mann der großen Worte. Erst als er ihr die Autotür öffnete brach er sein Schweigen. „Steig ein, wir fahren zur Polizei. Was ich jetzt machen werde, kann mir mein Leben kosten, aber so kann ich sowieso nicht mehr weiterleben." Jetzt wiederum verschlug es Judith die Sprache, und schweigend fuhren sie ins Präsidium.

Mit gleichmäßigen Schritten folgte ich schmalen, aber immerhin asphaltierten Straßen. Ich wählte mehrmals Abzweigungen in unterschiedliche Richtungen, um eventuelle Verfolger abzuschütteln. Mit Hilfe von Eselsbrücken versuchte ich mir den Verlauf der gewählten Strecke genau einzuprägen. Im Falle meiner Rettung wollte ich in der Lage sein, die Polizei zurück zu dem Haus zu führen, in das ich gebracht worden war. „Lang rief Rudi Lola laute Rufe rüber ...", was so viel bedeutet wie links, rechts, rechts und so weiter. Immer die Anfangsbuchstaben entsprechend der Richtung. Außerdem markierte ich schwierige Stellen mit Grashaufen, die ich ausrupfte. Mein Gefühl sagte mir, dass ich bald bewohntes Gebiet erreichen würde. Zweimal versteckte ich mich vor vorbeifahrenden Autos.

Ich behielt Recht. Um mich herum wurde es bald heller, ich näherte mich einer Ortschaft. Sogar ein beleuchteter Kirchturm war auszunehmen. Ich blieb stehen, schloss die Augen und atmete einmal ganz tief durch. Dann beschleunigte ich meine Schritte, um die letzten paar hundert Meter hinter mich zu bringen. Zuerst versuchte ich mein Glück in der Kirche. Die großen Tore waren verschlossen. Ein kleineres Tor seitlich am Gebäude war aber geöffnet und führte in eine Kapelle. Diese war jedoch menschenleer. Trotzdem fühlte ich mich hier unheimlich geborgen und sicher. Mit Kirche habe ich an und für sich nicht besonders viel am Hut, was aber nicht heißen soll, dass ich ungläubig bin. Diese Kapelle aber war eine wahrhaft heilige Stätte. Nicht überladen mit Gold und Prunk, sondern ein Platz der Ruhe und Stille. Schlicht und unaufdringlich. Einfache Holzbänke luden zum Verweilen und zu einem Gebet ein. Trotz der Kälte erfüllte mich eine innerliche Wärme. Wahrscheinlich trugen die vielen brennenden Kerzen zu dieser Stimmung bei. Ich entzündete eine rote Stumpfkerze und schwor mir, zu einem späteren Zeitpunkt eine großzügige Spende zu geben. Dann setzte ich mich auf eine der Holzbänke und wartete. Worauf? Ich hatte noch keine Ahnung.

Berni und Judith saßen in einem Büro des Polizeipräsidiums und warteten ebenfalls. Im Unterschied zu mir wussten sie aber ganz genau, worauf sie warteten: auf das Eintreffen Inspektor Obermayrs. Judith hatte immer noch nicht gewagt, Berni zu fragen, was er nun offenbaren würde. Sie hielt jedoch seine Hand und drückte sie immer wieder, um ihm damit zu zeigen, dass sie an seiner Seite bleiben und ihn unterstützen würde. Als der Inspektor das Zimmer betrat, richtete sich Berni zu seiner vollen Größe auf und begann mit fester Stimme zu reden. Nur etwas zeitversetzt zu mir erfuhren nun auch der Inspektor und Judith die wesentlichen Informationen zum Fall Klaus. Nur wurden sie nicht unterbrochen, sondern hatten schon bald einen Informationsvorsprung.

Berni hatte anfangs keine Ahnung, welche Rolle Maria in diesem Stück spielte. Ihm gefiel nur nicht, dass sie in kurzer Zeit sehr viel Einfluss auf Klaus ausübte. Berni wusste auch lange nicht, dass Klaus ein lukratives Angebot für ihr gemeinsam entwickeltes Sicherheitssystem bekommen hatte. Eines Tages meinte Klaus aber plötzlich, er sei in ziemliche Schwierigkeiten geraten. Er werde erpresst, aber er denke nicht daran, klein beizugeben. Berni vermutete, dass Klaus keine Ahnung hatte, dass Maria da mit drinnen steckte. „Ich werde alle unsere Programme in Sicherheit bringen. Ich sage auch dir nicht, wohin, ich will wirklich niemanden mit hineinziehen. Ich werde das schon regeln" – so ungefähr waren Klaus' Worte damals. Zu Bernis Glück konnte Klaus zu einem späteren Zeitpunkt den entsprechenden Personen glaubhaft versichern, dass Berni keine Ahnung hatte, wo er die Programme versteckt hielt.

„Ich fand das alles total komisch und dachte sogar, das sei ein Trick, um mich um meinen Anteil zu bringen. Wir stritten uns, aber Klaus blieb dabei, ich erhielt keine Aufzeichnungen und Datensicherungen unseres Projektes. Ich war stinksauer und meldete mich wochenlang nicht mehr bei ihm. Eines Tages stand Maria vor meiner Tür. Ich war ihr erst ein- oder zweimal begegnet. Sie kam mit einem Lächeln herein und legte ein Bündel Bargeld – es waren dreißigtausend Euro – auf meinen Vorzimmerschrank. Ich solle mich auch weiterhin von Klaus fernhalten und unsere gemeinsame Arbeit aus meinem Gedächtnis streichen. Als sie schon fast bei der Tür draußen war, drehte sie sich noch einmal um und meinte noch: ‚Wenn dir dein Leben lieb ist, tu einfach, was ich dir sage.' Daraufhin fuhr ich sofort in Klaus' Wohnung, um ihn zur Rede zu stellen. Er war nicht da. Ich sah ihn nie wieder", schloss Berni seinen Bericht. Judith stand der Mund offen. Bernis Ausführungen klangen zwar etwas konfus, aber absolut glaubwürdig.

Martin saß mit unseren Jungs zu Hause und versuchte eine halbwegs plausible Erklärung für meine lange Abwesenheit aufrechtzuerhalten. Er war überzeugt, dass alles gut ausgehen würde. Nur so konnte er den Tag mit den Kindern bewältigen.

Silvia litt Höllenqualen und wäre am liebsten mit ihrem Sohn in Schutzhaft gegangen. Sie schlief in dieser Nacht mit Jan bei ihren Eltern.

Dagobert überlegte fieberhaft, ob er bei Silvias Großvater nicht doch irgendeine Beobachtung gemacht hatte, die zu meiner Auffindung beitragen könnte.

Berni wiederum zerbrach sich darüber den Kopf, ob ich mit meiner Schnüffelei nicht die berühmten schlafenden Hunde geweckt hatte. Denn als er von Klaus' Tod erfuhr, dachte er nicht im Traum daran, irgendetwas zu unternehmen. Jetzt bezeichnete er sich aber als „feiges Arschloch".

Judith und Ruth saßen Stunde um Stunde beisammen und hingen alten Erinnerungen an die „drei Hexen" nach. Was sie alle in diesen Augenblicken nicht wussten, war, dass ich längst frei war.

Da saß ich also in meiner kleinen romantischen Kapelle und war wieder voll des Mutes. Ich wollte meine nächsten Schritte nicht unüberlegt setzen. Maria musste büßen, ihre gerechte Strafe erhalten. Von ihren Helferlein ganz zu schweigen. Ich rechnete damit, dass in nächster Zeit noch irgendjemand in die Kapelle kommen würde. Ein Mesner, um die Kerzen zu löschen und abzuschließen, vermutete ich. Wieder sollte ich Recht behalten. Fast zumindest. Es war eine Messdienerin, die gegen dreiundzwanzig Uhr die Kapelle betrat. Die einfache ältere Frau kam mit schwerfälligen Schritten in die Kapelle und lächelte mich an. „Sprechen Die zufällig deutsch?", fragte ich, während ich auf sie zuging. Ich war inzwischen völlig sicher, mich nicht mehr in Österreich zu befinden. „Ein wenig", kam ihre Antwort zögernd. „Ich muss dringend telefonieren – bitte! Ich bin in großen Schwierigkeiten", flehte ich beinahe.

Sie verharrte kurz, drehte dann um und gab mir zu verstehen, dass ich mitkommen sollte. Wir verließen die Kapelle, und die Frau brachte mich wenige Häuser weiter in, wie ich vermutete, ihre Wohnung. In einer einfachen Wohnküche bat sich mich, Platz zu nehmen und zu warten. „Bitte Sie warten, ich hole Sohn, er besser in Deutsch", lächelte sie mich wieder an und verließ den Raum.

Ich sah mich verzweifelt nach einem Telefon um. Ich brauchte nicht ihren Sohn, sondern einfach nur ein Telefon, um die Polizei in Österreich anzurufen. Ich wollte meine Situation nicht der hiesigen Ortspolizei erklären, sondern so schnell wie möglich die richtigen Zuständigen informieren. Da stand dann auch wirklich ein altmodisches Gerät auf einer schrecklichen Kommode. Ich verzichtete auf alle guten Manieren und stürzte auf das Ding, um sofort die österreichische Vorwahl einzutippen.

Inspektor Obermayrs Nummer hatte ich nicht im Kopf, ich war froh, dass mir in der Aufregung meine eigene Festnetznummer einfiel. Als ich die Stimme meines älteren Sohnes hörte, musste ich mich darauf konzentrieren, nicht sofort loszuheulen. „Bitte, mein Schatz, hol schnell den Papa ans Telefon, es ist sehr wichtig", schaffte ich es, mich zusammenzureißen. Paul war wach geworden und hatte am Apparat im ersten Stock abgehoben, während sich Martin noch im unteren Bereich aufhielt. Oben befand sich der Hauptanschluss, so dass Martin keine Möglichkeit mehr hatte, das Gespräch am unteren, kabellosen Telefon anzunehmen. Ich hörte ihn die Treppe raufpoltern und kurz darauf seine durch heftiges Atmen veränderte Stimme: „Julia, wo bist du?"

„Ich weiß es nicht", antwortete ich wahrheitsgetreu. „Maria, Klaus' Freundin, hängt in der Sache mit drin. Sie hat mich entführen lassen. Aber ich bin in Sicherheit. Bitte informiere sofort Inspektor Obermayr. Wahrscheinlich bin ich in irgendeinem tschechischen Kuhdorf. Ich konnte fliehen, weiß aber noch nicht genau, wo ich mich befinde. Ich rufe in ein paar Minuten noch einmal an, dann weiß ich hoffentlich schon mehr."

Hinter mir hörte ich, wie sich die Tür wieder öffnete, und ich drehte mich mit einer entschuldigenden Geste um. Das letzte Wort, das Martin dann noch von mir hörte, war: „Scheiße!"

So viel Pech war eigentlich gar nicht möglich. Da gelang mir eine fast spektakuläre Flucht – und dann das. Mein kleiner Freund mit dem individuellen Bärtchen war doch wahrhaftig der Sohn der Messdienerin. Mit einem breiten, blöden Grinsen stand er neben seiner Mutter. „Ja wen haben wir denn da? Einen kleinen Ausflug gemacht? Ein wenig frische Luft kann ja nicht schaden. Aber jetzt ist Schluss mit dem Spazierengehen."

Nein, ich hatte wirklich keine Lust, mich wieder in die Hände dieser Verbrecher zu begeben. Nach einer Schrecksekunde riss ich die angrenzende Zimmertür auf, verschloss sie von innen, und nur einen Augenblick später war ich durch das Fenster wieder auf der Flucht. Ich hörte noch, wie mein Verfolger gegen die Zimmertür trat, aber er hatte ganz offensichtlich nicht mit meiner raschen Entschlussfreudigkeit gerechnet. Ich rannte wie eine Irre kreuz und quer durch die kleinen Dorfgassen und hoffte inständig, dass ich mir einen kleinen Vorsprung herauslaufen konnte.

Dann hörte ich ihn. Ich drehte mich nicht um, wusste aber sofort, dass er es war, der mit kräftigen Schritten immer näher kam. Ein beleuchtetes Schild, eine offene Eingangstür – eine Gaststube. Ich rief, so laut es meine ausgepowerten Lungen zuließen, um Hilfe und erreichte mit letzter Kraft das Wirtshaus. Ich stürmte in die Schank und brach beinahe vor Erschöpfung zusammen.

„Bitte helfen Sie mir! Rufen Sie die Polizei! Ich brauche Hilfe!" Zuerst schienen die anwesenden Saufbrüder wie erstarrt, aber dann kam Leben in die Bude. Ein großer Dicker, den ich als Wirt wahrnahm, stützte mich und schob mir einen Stuhl unter. Ich verstand nicht, was er zu mir sagte, aber es beruhigte mich. Mein Verfolger war mir nicht weiter gefolgt. Anscheinend ist man hier in einem Wirtshaus sicherer als bei Kirchenleuten. Es bildete sich ein regelrechter Kreis um mich, und alle redeten durcheinander. Ich verstand kein Wort. Ich blickte auf und sagte noch einmal: „Polizei, bitte!"

„Kommt gleich Hilfe", sagte der Wirt und tätschelte mir freundlich den Rücken. Anscheinend hatte bereits jemand nach der Polizei gerufen, denn nach weniger als fünf Minuten kam ein Uniformierter in Begleitung eines weiteren Mannes zur Tür herein und ging zielstrebig auf mich zu. Der zweite Mann war, wie sich gleich herausstellen sollte, als Übersetzer gedacht. Ich war sehr dankbar dafür.

Der Wirt stellte uns einen Nebenraum zur Verfügung, damit all die schaulustigen Wirtshausbesucher sich wieder beruhigen konnten. Ich konzentrierte mich so gut wie möglich und erklärte meine Lage in möglichst wenigen, einfachen Worten. Der Dolmetscher sprach gut, aber nicht perfekt Deutsch. „Bitte nehmen Sie Verbindung zur Polizei in Österreich auf. Herr Inspektor Obermayr ist mit dem Fall betraut, er wird Ihnen bestimmt alles bestätigen können. Ich möchte auch unbedingt meine Familie informieren, um ihr zu sagen, dass ich jetzt wirklich in Sicherheit bin", fügte ich noch an.

„Wo bin ich hier eigentlich?", wollte ich dann endlich wissen. Ich befand mich in einem Ort namens Cimelice nahe der Stadt Pisek nördlich des Böhmerwaldes.

Trotz dieser Erklärung hatte ich nur eine ungefähre Vorstellung davon, wo ich mich befand. Der Polizist ließ eine Landkarte bringen (der Wirt war so nett), um mir den Ort zu zeigen. Es wurde viel telefoniert, aufgrund der Sprachbarriere dauerte alles ziemlich lang. Nach dem Sohn der Messdienerin wurde sofort gefahndet.

Endlich bekam ich auch etwas zu essen und zu trinken. Niemand kann sich vorstellen, wie gut ein böhmisches Gulasch schmecken kann. Wahrscheinlich schmeckt fast alles fantastisch, wenn man nahe am Verhungern ist.

Als Nächstes wollte ich die Polizei zu dem Haus führen, in dem ich festgehalten worden war. Mit der Kapelle als Ausgangspunkt war es mir möglich, den Weg zurückzuverfolgen. Natürlich waren alle ausgeflogen.

Ich durfte ein langes Gespräch mit Martin führen. Er war inzwischen völlig am Verzweifeln gewesen. Ich hatte den Telefonhörer einfach fallen lassen, und er konnte mithören, was sich abspielte. Paul musste ihn trösten und in den Arm nehmen. „Papa, alles wird wieder gut."

Nachdem alle meine Aussagen ordnungsgemäß protokolliert und von mir unterzeichnet waren, konnte ich schließlich ein wenig schlafen. Erst als ich in dem bewachten Pensionszimmer lag, bemerkte ich, wie unendlich müde ich war.

Gewinnen immer die Guten?

Am nächsten Morgen, nach einer ausgiebigen Dusche und einem reichlichen, leckeren Frühstück, wurde ich nach Pisek in das dortige Polizeipräsidium gefahren, um auch noch die letzten Ungereimtheiten zu klären. Dort empfingen mich Martin und Inspektor Obermayr.

Als ich in den Armen meines Mannes lag, fühlte ich mich endlich wieder sicher und geborgen. Martin hatte meinen Pass mitgenommen, so dass wir bei der Heimfahrt ganz offiziell die Grenze passieren konnten. Ich war ja wohl illegal ins Land gebracht worden. Von einem Grenzstopp hatte ich jedenfalls nichts mitbekommen. Es wurde Abend, bis wir dann wieder zu Hause in Wels ankamen.

Ich war nicht länger als zwei Tage weg gewesen, aber es war das Gefühl einer Heimkehr nach langer Abwesenheit. Meine Eltern und die Kinder begrüßten mich stürmisch, und als auch Wilma auf mich losstürmte, konnte ich endlich weinen. Ich war so glücklich, sie alle um mich zu haben. Eine Zivilstreife vor dem Haus sollte vorerst für unsere Sicherheit sorgen.

Wir verbrachten diese Nacht zu viert in unserem Ehebett. Am liebsten hätte ich Wilma auch noch dazugeholt. Immer wieder sah ich mir meine Männer an, einen nach dem anderen, wie sie da friedlich neben mir lagen. Martin hatte die Nacht vorher kein Auge zugemacht und schlief tief und fest. Peter und Paul machten sich so breit, dass mir nur ein schmaler Streifen blieb, der mir eine gemütliche Lage unmöglich machte. Es wurde eine der schönsten Nächte meines Lebens.

Am darauffolgenden Tag ließen wir die Kinder die Schule schwänzen. Wir schliefen lange und frühstückten spät. Wilma wurde kollektiv von der ganzen Familie spazieren geführt – wir wollten uns einfach nicht mehr trennen. Martin und ich erklärten den Jungs, so gut es eben ging, was alles passiert war. Wir wollten nicht, dass sie sich selber aus dem, was sie so mitbekamen, etwas zusammenreimten und dann falsche Schlüsse zogen. Kinder können viel mehr aushalten, als man ihnen zutraut, vorausgesetzt, man ist ehrlich und gibt ihnen genügend Rückhalt. Peter sagte dann etwas, das uns sehr zu Herzen ging: „Mama, zum Schluss gewinnen doch eh immer die Guten." Damit war für ihn alles klar: ein großes, spannendes Abenteuer mit ein paar gefährlichen Szenen, und am Ende siegen die Guten. Wenn das doch so einfach wäre. Hoffentlich wird seine kindliche Weltanschauung noch lange nicht zerstört.

Meine Freundinnen mussten sich vorerst damit zufriedengeben, mit mir zu telefonieren. Das taten wir dann auch lang und intensiv. Sie fehlten mir. Ich sehnte mich nach einem ungezwungenen Abend im Kino mit anschließendem Abtanzen. So was geht eben nur mit Judith und Paula.

Ein Anruf von Obermayr (das „Inspektor" ließ ich immer öfter weg – wir waren schon fast so etwas wie gute Bekannte geworden) brachte neue Erkenntnisse. Er hielt sein Versprechen, uns über die Ermittlungen auf dem Laufenden zu halten. Der Polizeischutz blieb aufrecht, die Kinder hatten vorerst Ferien.

Maria hatte Kontakt zur Polizei aufgenommen. Sie war grundsätzlich bereit, sich zu stellen, knüpfte aber einige Bedingungen daran. Zeugenschutzprogramm oder so was in der Art. Um ihren guten Willen zu beweisen, gab sie einige Informationen preis. Zum Beispiel wollte sie der Polizei weismachen, dass Klaus' Tod eigentlich ein Versehen war. Das Gift sei irrtümlich viel zu hoch dosiert worden. Sie wollten Klaus damit zur Besinnung bringen. Als er dann daran starb, beschlossen sie aber, Nägel mit Köpfen zu machen. So nach dem Motto: Wenn schon, denn schon.

Dass sie Klaus den Kopf abschlugen, sollte genauso zu falschen Rückschlüssen führen wie meine Fotos und das gelungene Arrangement des Leichenfundortes mit meiner Hunderunde.

Auf die Idee, mich in die Sache mit hineinzuziehen, war sie bei einem Besuch in Klaus' Wohnung gekommen. Sie hatte ihn sehr wohl dort besucht. Mit ihrem Keuschheitsgequatsche hatte sie mir einen ganz schönen Bären aufgebunden.

Beim Herumschnüffeln war sie auf meine Briefe und die alten Fotos aus der Schulzeit gestoßen. Dieser Fund brachte sie später auf die Idee mit der völlig falschen Fährte. Das Ablenkungsmanöver war ihr ja auch wirklich gelungen. Hätte ich mich nicht so wichtig gemacht, wäre mit dem Tod von Klaus alles vorbei gewesen. Meine Schnüffeleien machten Maria aber so nervös, dass sie Angst bekam, es würde doch noch alles auffliegen.

Klaus war vielleicht ein schräger Vogel und moralisch nicht ganz astrein. Aber trotzdem hatte ich ihm Unrecht getan. Er hatte mir nicht nachgestellt und diese Fotos gemacht. Dafür wurde wahrhaftig so was wie ein Profi engagiert. Okay, ein tschechischer Kleinkrimineller, aber immerhin.

Maria redete sich um Kopf und Kragen. Vieles stimmte wahrscheinlich nicht, anderes entsprach wohl auch der Wahrheit. Wie zum Beispiel die Information über den ersten Aufenthaltsort in der Zeit meiner Entführung. Ich sage nur geblümtes Sofa. Ein Euro-Hotel in Budweis. Leicht zu überprüfen.

Mir wollten sie natürlich nichts tun. Nur einen Schreck einjagen. Hätte sie durch mich das Computerprogramm bekommen – gut. Wenn nicht, hätten sie mich unversehrt freigelassen. Maria hatte meine Flucht eigentlich sogar begünstigt. Sie ahnte schon, dass ich nichts herausgefunden hatte. Eines musste man ihr wirklich lassen: an Phantasie mangelte es Maria wirklich nicht.

Dann wurde es ruhig. Maria war wieder abgetaucht, keine weiteren Anrufe langten bei Obermayr oder seinen tschechischen Kollegen ein. Ermittlungstechnisch gab es aber gute Erfolge. Die Firma, um deren Sicherheitssystem es ging, konnte eruiert werden, ein paar Kleinganoven gingen endlich ins Netz. Um auch noch an die großen Fische heranzukommen, wird noch jede Menge Arbeit und vor allem Glück notwendig sein.

Die Wochen vergingen, und unser Leben normalisierte sich wieder. Weihnachten stand vor der Tür, und wir alle hatten in diesem Jahr nur einen Wunsch: Lass es vorbei sein. Ich sang mit dem Lichtenegger Chor ein Weihnachtskonzert. Marias Stimme fehlte uns. Vielleicht war sie ja wirklich ein anderer Mensch, wenn sie sang. Mir schien es immer noch so. Silvia und ich trafen uns weiterhin regelmäßig mit unseren Kindern, manchmal nahm sie auch an unseren „Hexentreffen" teil. Endlich gab es auch dafür wieder Zeit. Auch eine andere Freundschaft (oder ist „Beziehung" das treffendere Wort?) war durch die ganze Sache entstanden. Ja, ja – Judith und Berni sind so etwas wie ein Paar geworden. Sie wohnen nicht zusammen oder so was, aber mehr als nur hin und wieder gemeinsam ausgehen ist es doch.

Heute ist der erste Jänner. Weihnachten und die Silvesternacht sind gut überstanden, und der Neujahrstag ist wie jedes Jahr irgendwie komisch. Nach all der Action und Aufregung ist der erste Tag des Jahres immer sehr ruhig. Wir Erwachsenen sind übermüdet und haben einen Brummschädel und erlauben deshalb den Kindern, den halben Tag fernzusehen. Wir trinken Unmengen von Kaffee und lassen das alte Jahr Revue passieren.

Als das Telefon läutet, denke ich natürlich sofort an verspätete Neujahrsglückwünsche, aber als ich Günters Stimme höre, bin ich doch ein wenig verwundert. (Günter heißt mein Inspektor Obermayr mit Vornamen – man wächst halt zusammen in solch harten Zeiten.) Wie sich herausstellt, ruft er auch nicht an, um uns zu beglückwünschen. Sein erster Tag im Jahr 2008 wird durch ein Ereignis empfindlich gestört:

Maria ist gefunden worden. Auf einem etwas abgelegenen Weg im Bayrischen Wald. Eigentlich nicht Maria, vorerst nur ihr Kopf. Ein Mann hat ihn gefunden. Er läuft täglich seine Morgenrunde, ein ausgesprochen disziplinierter Mensch. Man könnte die Uhr nach ihm stellen. Der Mann hat eine wunderschöne Bassstimme. Er hat Maria sofort erkannt. Vor vielen Jahren sangen sie gemeinsam im Kirchenchor in Pisek. Zufälle gibt es ...

Nachwort

Sollte sich irgendjemand in einer Figur meines Romans wiedererkennen, so ist das durchaus erwünscht. Zu den positiven Charakteren meiner Geschichte wurde ich von guten Freunden/innen und meiner Familie inspiriert. Andere Personen wieder, wurden frei erfunden.

Meinen Freunden/innen und vor allem meinem Mann danke ich daher auch von ganzem Herzen dafür, dass sie mir Mut zugesprochen haben dieses Projekt zu verwirklichen.